站在春的枝头，念雪

周荣丽◎著

金城出版社
GOLD WALL PRESS
·北京·

图书在版编目（CIP）数据

站在春的枝头，念雪/周荣丽著. —北京：金城出版社有限公司，2020.10
ISBN 978-7-5155-1965-4

Ⅰ.①站… Ⅱ.①周… Ⅲ.①散文集－中国－当代 Ⅳ.①I267

中国版本图书馆CIP数据核字（2020）第003934号

站在春的枝头，念雪

作　　者 周荣丽
责任编辑 丁洪涛
责任校对 王秋月
责任印制 李仕杰
开　　本 700 毫米 ×960 毫米　1/16
印　　张 16.5
字　　数 120 千字
版　　次 2020 年 10 月第 1 版
印　　次 2020 年 10 月第 1 次印刷
印　　刷 天津旭丰源印刷有限公司
书　　号 ISBN 978-7-5155-1965-4
定　　价 39.80 元

出版发行 **金城出版社有限公司** 北京市朝阳区利泽东二路 3 号
邮编：100102
发 行 部 (010) 84254364
编 辑 部 (010) 84250838
交流邮箱 dinghongtaobooks@126.com
总 编 室 (010) 64228516
网　　址 http://www.jccb.com.cn
电子邮箱 jinchengchuban@163.com
法律顾问 北京市安理律师事务所 （电话）18911105819

追寻真纯与慧心的碰撞

打小喜欢码字，是自娱自乐的那种。更多的时候，喜欢看别人码的字。做了教师，一晃经年，太过繁忙琐碎，除写教育论文教学随笔，几乎再无“闲趣”写“闲字”。真正再次拿起笔是因为一次出外游玩，因为发现孩子们大多怕写游记怕写景，嗯，算是给孩子们做范文导路吧！

写着写着，孩子们喜欢了，我也喜欢了。写着写着，就把藏在心底里的感觉全部牵引了出来，很快，就积了厚厚的一大摞。很好的一个朋友跟我说：“分享吧！独乐乐不如众乐乐！”于是就挑了几篇顺手顺眼的小文，取了一个“艾玛苏苏”的笔名，投到当地一家报纸副刊，想试试自己的笔力。

谁知投稿如泥牛入海，久无消息，也便淡了兴头。好在我的孩子们对我说：“周老师，等我将来挣钱了，我帮你出书。”这样说的娃娃越来越多，我写得也越来越顺畅。

两个月后，有朋友拿了报纸来询我：“艾玛苏苏是你吗？”我这才脸红心跳地看完变成铅字的小文。老实说，文字的见报，且不管是否合了读者的胃口，却无疑吊起了我继续写作的胃口。而且这胃口似乎还越来越大。

先是广交文友，寻访名师，加入这个协那个会，重整自己的文字创作，终于将曾经封闭的自己袒露在阳光下。又将自己的新旧之作不再包包扎扎，藏藏掖掖，而是大大方方地向各级报刊投递。

虽说广种薄收，但总归还有收获。收得多了，就想将之汇集成一本集子，让更多的读者看到。学校的校长鼎力支持，如皋市作协主席欣然作序。

都说喜欢微笑的女生运气不会差，正如瞌睡拾了个枕头，出版社的老师看到我的文章，对我的文字很是欣赏，他觉得我的文字是从生活里流淌出来的，真诚而温暖；读我的文字，犹如漫步在触手可及的人生四季。他说，作为一线教师，你的文字非常适合中小学生阅读，能起到范文导路的作用。

于是，我们便开始合作。当他说可以开稿费给我，现金或折成书都行时，文友们都表示怀疑：哇哦，世上真有这种好事？散文书不好卖耶。我也将信将疑，且走且看，组稿投过去，样稿发过来，改后再发过去。几种装帧设计发过来，选定一种再发过去……渐渐地，有了一种谈婚论嫁的兴奋和盼头。

不久后，真的有数百本新书寄到我的手中。打开散发着油墨香的我的新书《我终于把世界等成想要的样子》，却看不清一个字……一年多后，我又出版了第二本散文集《想念如果有声音》。凭着这两本书，我荣幸地忝列江苏省作协会员的行列。

朋友和熟人自此也作家长作家短地称呼我，有的还在作家前冠以“美女”二字。我开始有些像“飘回土谷祠的阿Q”身轻如燕了。直到有一天碰上一位智者，他说：“文学创作的初心是什么？是童眼的真纯与慧心的碰撞。而这两者是沾不得一点儿功利的。一旦沾上，文创便死。”他的这番话让我醍醐灌顶，幡然醒悟。

至此，我又沉下心来继续码我喜欢的文字。于是，现在又有了第三本书《站在春的枝头，念雪》。如果我的文字能给正在阅读的你带来些许的愉悦，那我的心里也就会更加踏实了。

是为序。

周荣丽

2020年9月写于如皋

目录

|第一辑| 站在春的枝头，念雪

光阴缱绻，季节轮转。

站在春的枝头，我在念雪。

| 第二辑 | 无人知是故人来

心似莲花开，
眼前的时光也变得摇曳生姿，
风情万种。

|第三辑| 中秋三记

中秋给予我们的，没有离情别绪，
没有感秋伤怀，
有的只是月亮一样的丰盈，
月饼一样的圆满。

|第四辑| 轻轻告诉你

你知道假如没有他们，我们依然可以完成自己的事情，
但那段过程要辛苦很多，伴随辛苦的还有坏心情，
我也就不可能像现在这样气定神闲地心平气和地写下这几个字。

|第五辑| 唯有生命不可辜负

我的世界很简单，唯愿余生不辜负。

| 第六辑 | 做自己的诗行

蘸着冬天素素的冷，静心写下一行行梅色雪韵。

写不出诗我就是诗，

走进大自然我就是一朵花，

读一本好书我就是寓言……

| 第七辑 | 哀哀父母，生我劬劳

陪伴成长，是爱；

长大了不打扰，是爱；

爱自己，也是最好的爱呀！

|第八辑| 踏春梅花山

一瓣梅花，从高高的枝头悠悠飘落，
轻轻地越过众人，
飞至我的发梢……

第一辑

站在春的枝头，念雪

光阴缱绻，季节轮转。

站在春的枝头，

我在念雪。

“人”相似，“花”不同

待到春风起，我扛花去看你。走过了旧年的夏秋冬，一直等着约会龙游湖的春。天气晴好，和姐带着母亲，还有三只狗狗，出发。

午后一点半，室内阳光明丽，出外冷风萧萧。不知是阳光离大地太过遥远，还是春天的号角吹奏的只是序曲。不管它了，既然出来了，那就裹紧衣衫，走走吧！

我的眼前是几弯小路，半坡枯草，龙游湖静得可以听见我们的心跳。三只狗狗快活得什么似的，绷紧了身子拽了你前行，倘若松了手，疯跑是不必说的，不定会打几个滚儿翻几个跟头，它们可不怕草底里的脏。路两边没有丝毫的惊艳，夏秋时节红的黄的绿的叶，红的紫的黄的花，红果果绿果果……那些色彩全都失了踪迹。草是枯的，树是枯的，常青树的绿色也是暗沉的，连看似随意的大石头也焦黄地枯立着，期冀中疏影横斜的梅一枝未见，一切都是静寂的，像在沉睡。

徐步向前，渐渐有了声响，有了景致。一汪水似的天空，有大大小小的风筝在滑翔，带了生动的色彩，火烈的红，活泼的黄，优雅的蓝，或红或黄交错着、艳丽着，在一碧如洗的晴空下自由自在、翻转腾挪。循了风筝的节奏，便有了人影，有了声音，有了质地，呈现在远处的是一幅生机勃勃的立体的画面——人不少呢！在光与影的剪影里，年轻的男女或老人带了孩子，仰着头，放着线，笑声随着风筝上扬，借了风，越飞越高。广场最里边的喷泉从地底不断升起，晶亮亮的水柱，时高时低，时缓时急，风送来了清爽的水气，清新得撩人，空气中全是大喇叭里热情洋溢的《春天的故事》和欢声笑语溅起的涌浪。

走吧，继续走吧，眼前蜿蜒起伏的石阶和远处方木铺就的路道，多像一条巨龙，栖息在淼淼的龙游湖畔。

一眼望去，开阔的龙游湖一片澄碧，纯净得不会让你生出一丝一毫的杂念，刚好有风路过，如厚重的柔滑的绸，漾起了叠叠渺渺的波痕，顾盼盈盈间，仿佛天庭的仙子挥动着水袖，再丰富多彩的语言此时也黯然失色，无法描绘其容颜的十之一二。不颦不蹙时，龙游湖又优雅滋润出一幅恬淡、宁馨与安详。近俯水面如玻，湖底的水草纤毫毕露，在里面快活地自舞自赏，好不曼妙！我倚立于湖间廊桥扶栏，有微微的风从耳畔掠过，节奏舒缓，旋律窈窕，我痴痴如醉，老僧入定般心骨皆清。

湖边廊桥游人三两，或驻足停步，或俯视，或远望，或弯腰戏水，或倚栏互拍，或临水支颏，各适其适，自乐其乐，眼前安恬静寂的时光也变得温润可人，摇曳生姿。

突然想起一句诗："年年岁岁花相似，岁岁年年人不同"，倘若山水有灵，花草有情，看着穿梭往来陌生的我们，会不会吟咏出"年年岁岁人相似，岁岁年年花不同"？游走于山水间的我们啊，每棵树每朵花每块石都会散发出醇厚的香气，生出鳞鳞的细爪，钩住我们的衣襟，抓住我们的步履。在无数山水的走访中，倘使觉得快活，心无挂碍，实在是已纯净得犹如一株草，一朵花呀！与年龄无关。

站在春的枝头，念雪

今日立春。

融融的暖阳透过窗玻璃，轻巧巧地抚摸着我。我闭上双眼，张开双臂，触摸着它的温度。指尖暖了，眉眼暖了，心，就开始小溪流淌般泠泠作响。

昨日和可人一起走在路上，看着树丛草地上的积雪，惊叹它们待得久了，议着气温不久就要回升。可人却说：积雪不化，是在等伴。等伴？于我，倒是第一次听说，若非还有低温？还会下雪？看着窗外绿化带中点染的素白，想着：积雪的执着，会有回应吗？若是等来的伴儿，便是春雪了。

想到春雪，心便无端端欢愉起来，眼前，恍惚就有白雪飘飞，如梦似蝶，它们翩然追逐在早春微寒的风雨里，款款旋融进绿芽萌动的草丛中，纵身跃入日渐丰满的池塘河心……

我爱雪。无论是纷纷扬扬的雪花，还是洋洋洒洒的雪粒，于我，都是上天的眷爱与馈赠。那些银装素裹的花草树木和粉雕玉砌的亭台楼阁，是雪写在季节里的诗，涂在冬天里的画，吟在时光里的歌。

一直以为，雪是有灵魂的，和冬天有着只有彼此才懂的约定。为赴这亘古之约，它们穿越无以计量的远，怀揣一颗虔诚的心，不顾长途跋涉的累，抖搂一地的洁净美好，与冬倾情相恋。竭尽所能，慢慢盛开，温柔了冬的高冷和凄寒。

我喜欢那满世界的瓷白，于寂寂深夜里，晶亮亮的，闪烁着比钻石还要璀璨的晶莹。一人一狗，行走在茫茫雪野，听脚落雪起的声音，看雪慢慢把我的脚印填满。

雪有几分安然素雅，就有几分冷冽狂野，若你真的走近，才会懂它。

觅一僻静处，躺下，枕上雪，仰望。雪花驾着风的翅膀，交叠，旋转，挪腾，翻滚，把整个天空搅成一幅鸿篇巨制，豪放，粗犷，野性，自在，用洒脱的姿态，飞舞于天地之间，沉醉在自我的世界。扑簌簌，扑簌簌，最后吻上草叶，跳上枝头，用素白书写纯净和圣洁。雪落的声音真好听，像梅花落在清夜，你静静地听，静静地听，特别轻，特别柔，也很，清脆。

看雪听雪爱雪，满世界都可以说你疯说你痴说你傻，甚至有人说：深夜走在雪地里，你不快乐！不快乐吗？只有你自己知道，你有多快乐。你在听雪的心跳，你在与大自然共呼吸，你在你的时光里逍遥游，你是你自己的，你是你自己，你的眼里有花在开，不仅是雪花，满目都是春风十里。

光阴缱绻，季节轮转。站在春的枝头，我在念雪。闭上眼睛侧耳聆听，春梅已珠胎暗结，宣告春的气息；嫩芽在地底萌动，即将破土而出；小溪淌水，做好迎接春柳的揽镜垂怜……一切都在紧锣密鼓，赶赴一场春天的盛宴。愿一切希望，从冬的慵懒里走出，在冰雪消融后踏响复苏的节奏。春天，你好。

四月芳菲，莫负春光

山一程，水一程；走一程，看一程。当你每天欣喜地盯着这个世界看的时候，世界就会还你很多的不一样，让你享受到绵延无尽的快乐。直应了我最爱的诗句“我见青山多妩媚，料青山见我应如是”。

夏天我等了绿树如盖，秋天我等了雁字排阵，冬天我等了雪花绽放，直等到现在的南风微微，春色无边。我天天等，每天都把世界等成想要的样子。

时下，走在温暖如歌的春天，从春梅含苞，各种花儿次第开放，如云似霞，到姹紫嫣红，花团锦簇，每天不重样。和煦的春风拂面，不语也抒情，无言也娇媚。

春花浪漫，一波又一波，尽展笑颜。如果你只被春天的花魅惑实在可惜，“莫道浮云终蔽日，应信绿叶乐扶花”。此刻，放眼远眺，叶子们陆续粉墨登场，绿意染满山川。

无论是落叶乔木还是四季常青的灌木丛，枝头都在悄然间“时”新“日”异。各种绿色，新绿最是清新诱人，如果你肯细品，它的美绝不亚于红花，花会让你有落英缤纷美人迟暮的小伤感，而新叶，就是一份份绿色的小信笺，上面书写着满当当的希望与憧憬。

五九六九沿河看柳，柳叶比小草来的还要积极。小草在地下萌动的时候，柳芽就把自己从米粒一天天站成了千纸鹤。有一个古老的传说，说用心折的一千只纸鹤能给爱的人带来幸福与好运，小城的城河边站满千纸鹤，垂着长发的柳树姑娘，在多少寂寂的夜里，一下一下地折叠着我们每个人的名字，把最美好的祝愿，随了春风送给我们每一个。

然后慢慢地，深深浅浅大大小小的新叶开始恣肆。茶树、榆钱、梧桐，在春风一遍又一遍的爱抚之下，碧绿的新芽像一朵朵绿色的小花，在枯枝间冒出，宛如新生的婴儿，软软的嫩嫩的，绿中泛着浅浅的黄，如玉翠流转。冬青不知不觉中换上的新衣，翠色欲流里面含了几分娇羞，把春天渲染得更加明媚。寒冬里坚守的香樟、松针则急绿了眉眼，用翡翠好好儿地把自己打磨一番，拼命地让春风扯下旧装……

四月的芳菲正好，不必舍近求远，无须来一场说走就走的旅行。一家人或三两好友去郊外踏青，看麦浪滚滚；去牡丹园品赏花开窈窕，品茗馨香浪漫；去护城河边也不错呀，邀约垂柳如瀑，袅袅婷婷。这样的时节，别样的心情，你来，轻轻一笑，花开如许。你去，低头念你，杨柳依依……到处春光明媚，鸟语花香，充满新生的愉悦，走走看看，莫辜负了这大好春光。

春天不寂寞

小城的春天真美，这与心情和心境有关，更因为这些年小城的扩展兴建飞跃，尤其是环境的整治与绿化工程的建设。

我喜欢步行上班，于路边街头河边，与春天邀约。春天亦不负我，一天一个光景，总不寂寞。

双向车道的绿化带内，隔不几步你就能看到一树的霞粉和枝头飘落的白云，这是正当时的红叶李和樱花，最是灿烂时候，任春风把自己染成浅粉或莹白，在温润成雨后新晴的枝间分外明媚。

小花圃内，春天开得最早的是把自己飞成霞的梅，落英早已随了流水和游鱼入了梦。河岸边垂瀑般金黄的迎春也完成了使命，徐娘未老，风韵犹存，在河边兀自金光灿灿，成林成带。舍边屋侧的杏花雨早已与我发端眉眼呢歪，做着将为人母的甜梦，花萼泛着害羞的红。桥头岸侧的桃花鬼精得很，它们不想随了春风走过场，是约好了的，前赴后继，一波一波，一直热闹。每天都有簇拥枝头，一脸绯红着笑春风。春天是不寂寞的。

杏花谢了桃花开，李花树树落霞粉，樱花株株飘白云，枝头总有玉鹤立，还有百花齐争艳。

沿河边，小茶树的新叶已经密密的了，嫩嫩的脆脆的，像莴苣雕琢而成的花，朵朵玉光流转。蚕豆已经长成了少女，亭亭着，自成的闭花羞月，一不小心就把乌溜溜的眼珠瞟过来，随着春风在一片绿海里眨呀眨，羞怯而又掩不住的好奇。荠菜一片片的，开满了的时候，自然而然成了满天星。一大波一大波的油菜花，一片清明的黄，深一点嫌浓，浅一点嫌淡。田野里，土坡下，路边，到处是。有的一大片一大片地扎堆，有的只是零星三五株，无论哪种姿势，都自带了明艳，在春风里妖娆。不是妩媚，这样的招摇，不是妖娆还能是什么呢！

一种叫不上名儿的小野花突然做客眼帘，那是怎样的一种紫色啊，清清浅浅，不浓不淡，恰恰的好。四片柔嫩的花瓣，花蕊长成小百合样，往前顶着，微卷，长成了诗情画意，与河水中的倒影相互映衬，应是绿沉的梦绿沉的诗绿沉的画中的一汪紫。

最好看的当然是垂柳了，满树粉嫩嫩的绿，如翡翠，似碧玉，翠色欲流是不恰当的，那种一掐就能够滴水的形容亦不能描摹一二。芽叶叠叠的，串串的，中间短圆外围细尖，站成了一只只微型千纸鹤。在春风的吹拂下，甩啊甩的，那鹤便就要飞了，扬起一串凌乱的梦，美到极致。

起初开的玉兰花是夸张的，不大，甚至不够白，蜡烛头儿一样，便死了命得多，硬撑开了不过喝酒的酒盅大小，招摇了一番，做了春天里最早的落英。现在开的才真叫端庄秀丽，白的也好紫的也罢，静坐在阳光下，娴雅恬静，气质非凡。然后呢？轻启裙瓣，慢慢绽放，幽香拂动，清气盈然。春天是不寂寞的。

还有压轴的，慵懒的海棠不知何时醒来，红翠的叶间不动声色地珠胎暗结，悬于细细长长的叶柄前端的花蕾，如朱砂点点，继续着春天的念想……

花开，草长，绽放，凋零，热闹，静美，一切都轻描淡写，又恰到好处地喜悦着，温暖着。春天是不寂寞的。

雨中即景

大清早还在被窝里暖着的时候，噼噼啪啪的雨声就唤醒了我，看来还不小呢！继续拥被，听着“雨打芭蕉”敲南窗。哪里有什么芭蕉，不过苏中平原的一个小城，窗外有高的香樟，极高极高的，倘若天晴的早上，各色鸟儿早就站在枝头梢端你弹我唱，你应我和了。我想象鸟儿们懵懂的双眸望着雨帘发愁——不好嬉戏追逐了呢，对没有天气预报的鸟儿而言，算不算一个意外？香樟在雨中尽情洗澡，心没来由的就欢愉了起来——世界会赠我一个簇簇新吧！

我还是挺喜欢走在雨中的这种感觉的。你看，雨满世界地疯着呢！串珠成线，牵线成帘。有时竖着，有时密密地斜织着。风过，不时溅几滴脸上和裸露的手臂肩头，激灵灵地打一个冷战，也是欢喜的——好比炎热的盛夏，一大块冰棍儿从咽喉滑进，把你整个的灵魂汰洗了一番，顿感神清气爽。“风如拔山努，雨如决河倾”，这样的架势，对于爱雨的我来说，是震撼的，欢喜的。

等待雨是伞的宿命。你听，雨点砸在伞上，耳边响起密集的、脆亮亮的金声玉振、黄钟大吕……其实这天籁之音，就是大自然弹奏的一首专属于夏天的乐章。我喜欢这无弦琴奏响的夏之歌，忽疾忽徐，在大地上回响。

我忍不住搓动伞柄看雨滴抛飞，越搓越快。哇，大珠小珠滚玉盘不过如此吧！晶莹剔透的雨珠快活地四溅，连带着我的心都飞起来了。雨溅在裙上一滴滴，似乎给纯色素净的裙，缀了小花。雨击中地上的水洼，砸出一个个小酒窝，绽放出一朵朵快乐的花。

雨中的花草树木和我一样开心着，雨珠顺着绿的叶，沿着嫩的茎，滚下来，钻到了植物的嘴巴里，你都能听到它们吮吸的声音。笑容慢慢地在它们的面庞上漾起，一个个如初浴出水少女般的清新可人。雨越大，植物越是挺拔，跟骄阳下的蔫不拉叽，很是不同。心底里是极佩服这些植物的，历经四季，从冬到夏，什么样的苦没有吃过？什么样的重创没有经历？春天来时，依然绽放一抹抹新绿，倔强成长。任何打击，都阻挡不了它们生长的脚步。

有傻的鸟“嗖”的一下从屋檐下飞到大树下，躲雨。

蒙蒙的水气洇染了每个角落，那树，那房，那天空，都朦胧着，像一幅幅丹青，远远近近，深深浅浅，淡妆浓抹总相宜。

屋后，记忆中青碧的小河，河水出乎意料的浑浊，静卧成一条黄龙，默默地凝望那一片雨幕，听任雨水击落。雨水可也有韧性呀，不断地给它挠痒痒，挠痒痒，小河终于被逗得咯咯咯，咯咯咯，就这样欢快地笑。

地上的水越来越多，汇成了一条条小溪，争先恐后地笑着跳着，奔向下水道。

坐在车里看雨听雨另有一番情趣。玻璃窗上缀满了水珠，如调皮的精灵。很快车窗就蒙蒙的了，把窗外织成了一个虚幻的世界。分明密集的雨砸落在车窗、车身上，却似乎渐渐远了，甚至变得安静。

风突然猛了，雨突然大了。有雷声，有闪电。我安静地坐在车里看风赶雨，看雨追风。整个天地交织成一幕雨帘。雨似乎见不得我的恬淡悠然，拿着鞭子，狠命地抽着玻璃窗。

有人说天空爱上大地，却离大地太远，想大地想得紧的时候，就会下起倾盆大雨。雨，是天空写给大地的思念。等待雨，是大地一生的幸福，那么，等待幸福，便是我一生的追求吧……

就在我这样一路三叹中到达单位的时候，不断有视频流出，控诉这遭殃的雨天，很多地方大水漫脚，成雨灾了。汽车小艇一般蹚过积水形成的小河，有劈波斩浪的气势。我有些惶恐。

校门口，交警黄色的雨衣格外醒目，有条不紊地指挥着送孩子前来的车辆；校园里，一向朴实的司校长不顾雨水把自己的衣裤打湿，积水处，把孩子们一个个抱过去；更多的人加了进来，后勤人员用砖块在积水处搭起了临时小路……雨水不可怕，人间有真爱呢！

其实孩子们哪里怕雨，任它雨飞如帘，如瀑；任它积水如河，如湖。有的故意走进积水处，把水花踩得飞溅；有的和老师打着游击战，快速地在如湖的水中奔窜；秀气的女孩子干脆折起纸船，蹲在如镜的水洼边，看它追波逐浪，指点着，戏逗着，相视而笑……大雨带来的快乐，又岂是我一个人的。

一晴夏已深

多日的梅长雨，初霁。“一朝云去阴霾散，旭日东升何绚烂”，夏天的雨就是这样的，来则气势磅礴，去则心满意足。满目里落满灿灿的阳光，其华灼灼，这是多么令人振奋的事情啊！这时候，出去走走，是最合适的。

迎面吹来的风，带着雨后特有的潮湿气息和清新的泥土芬芳，一个劲儿地往鼻孔里钻，似乎要把你的心也给汰洗过滤了。地上，湿的水，打了白蜡般发出润泽的光。有汽车风驰电掣般驶过，惊起一路水花，碎玉一般，也好看。

踮着脚尖儿着地，跳芭蕾一样的轻盈，却因重心不稳，碰落道边叶子上一颗两颗的小水珠，落到你的头上，滚到你的脖子里，你猛一激灵，却异常地舒爽。让人眼睛一亮的当数横铺灌木丛间，或虚悬高树枝头的一两张蜘蛛网了，根根银丝有序地交织着，大大小小悬坠其间的雨滴，圆滚滚的，比钻石还璀璨，比桂冠还耀眼。

路边，密的草疯长，懒洋洋的蜗牛都忍不住露出头来东张西望。还有一些叫不出名儿的小虫，全快活地出来舒筋活骨了。有花，美人蕉、木槿、红的白的夹竹桃、紫荆，还有些许叫不上名儿的，小脸儿都被雨水泡得有些脱色，留了娇颜残喘的韵味儿。阳光把每一个朝着它的房屋，都镀得亮亮的，已经有了温度，且温度噌噌噌地往上蹿。在树丛楼宇间窜行，阳光斑斑驳驳，忽明忽暗，便似有无数影像，投影，倒带，飞掠。

沿途河里的水少有的浑黄，漾着大的纹，岸边的倒影都很迟疑，闪闪烁烁，极不清晰。不少的游鱼泛着青灰的背脊在水面吐泡泡，浸在水中多日的护栏全现了身，一下子老成持重了不少，对着粼粼的河水静默，像一位沉思的老人。

蛙鸣得厉害，有些聒噪。此起彼伏，有时又连成一片。有人拿石头往里扔，沉寂了不到一秒又开始大声应和，似乎一点儿都不怕人。有鸟，和着蛙鸣，呼朋引伴地出来呼吸新鲜空气了。不时清清喉咙，唱出婉转的曲子。

岸边的垂柳长得繁茂了，甩了一头浓密的长发，兀自在水边顾影自怜。倒是岸上丛丛的，各种深深浅浅绿着的树，用阳光的笔将自己的倩影画在地面上，合着金灿灿的花，毛茸茸的草，自顾自美丽。

天空是晴碧的，似一枚硕大无比、水准极高的翡翠，莹蓝成梦幻。些许许絮状的云，白，很有些梅色雪韵，初浴的绿树白桥辉映成诗……

终于听到了蝉鸣，先是单薄的，渐渐有应和，又低下去，又猛然和鸣，排山倒海一般，又戛然而止。你以为会偃旗息鼓了，又狠命地吹响号角，似乎循着指挥家的指挥棒，忽高忽低，忽急忽缓，经了河风的过滤，河水的浸润，阳光的渲染，组成一支庞大的乐队，正在排练造势中。

忽听得一小儿的声音：热呢！才惊觉太阳已经升高了很多。真是夏雨潺潺何须恨，夏木阴阴正可人。忍不住偷改古人诗句：连雨春归去，一晴夏已深。

秋去秋又来

01

进入秋天以后，天上的云彩总是那么好看。有时候阳台上静静站上半天，凝望，天空很蓝，纯净得像婴儿的眼睛；云朵很白，盛开成一朵又一朵的妩媚。有时候小区里到处转悠，仰着头，天空云卷云舒，去留无意，眼睛和手都不肯闲着，用手机定格，成就永恒。特别喜欢一场雨后，风从天际吹来，软软地打在脸上，乌的云一劈，两分，中间嵌着蓝汪汪的“海”，心便阔了又阔，远了又远……

更多时候，秋天的云我不叫它云，我喜欢叫它们云山。对的，云山，重峦叠嶂，颇有气势。很多时候，半路上，靠边儿，就这样坐着，静静地坐着，呆望天边的云山，看它翻滚堆叠，千变万化。无论是色彩，还是形状，或者厚度，都很有层次感：墨染的，洇晕了，发着黑，透着灰，泛着白，闪着不知怎样镶边的亮。我喜欢这样的云，端庄，安静，厚实，朴素，又不失流光溢彩。这种感觉，叫享受。

02

桂花香了秋天，没有桂花的秋天，还是秋天，但不是香香的秋天。

从北方回来，脚刚踏稳时就感觉不一样了。哪里不一样呢！我看各式绿的树，我看五彩缤纷的正艳的栾树，哪里不一样呢？就是不一样呢！雨从北方一直缠绵到南方，清凉中孕育着丝丝缕缕的甜甜爽爽。

桂花开了。

在绵绵秋雨的洗礼下，桂花尽绽素颜，一簇簇，一团团，一枝枝，一树树，把整个小城都熏香了，熏醉了。浅浅黄的是银桂，橘皮红的是金桂，在绿的叶间明明灭灭，闪闪烁烁。端的是清雅脱俗，俊秀飘逸。花蕊浮幽香，秋韵锁桂园，桂花的香味是最独特的，浓郁的幽香——明明那么浓，却不浊不俗，清雅袭人，独特的丝丝缕缕的甜蜜幽香，总能把人带到美妙的境界。

闻着醉，看着也醉。满目金色缀点绿树丛中，是开在时光里的秋。

03

喜欢秋天的凉意，清冽冽的，这凉里浸着从容与沉稳，就像人生。一路走来，一路告别，掠过炙热与泪水交织的夏，那些曾经轰然而来的情怀，渐渐臣服于秋凉。

喜欢在秋凉的晨漫步河岸。

枫树的叶子是红的，红叶李的叶子也是红的，细细小小，疏影横斜，稀疏有致。很多，很好看，像画儿。垂柳的枝丫随心所欲地伸展，用自自然然的线条勾勒出优美雅致的造型，温温婉婉，任凭秋风将淡淡的憔悴涂染在它的面颊……

小路弯弯，不足两尺，玉带河一样伸向未名的远方。河道上除了我，背后走来的是一个老人，迎面走来又一个老人，背后又有一个老人走过去……

我试着向对面走来的一个老人微笑，我大声地招呼：你好！老人已经很老了，声音有点颤抖，像小时候拉的风箱带着破音，歪歪斜斜，但他扬了扬手热情地回应：嗯，你好。笑得很好看。

有人说人这一生就如草木四季，那我也就差不多是秋了吧！我不怕老，我希望把自己老成一株枯荣随缘的草木，一泓安静的水，生着孤清的烟，漾在秋意正浓时候……

秋　色

我喜欢秋天，喜欢秋天的色彩。

秋天的色彩是怎样的呢？

王勃说：“落霞与孤鹜齐飞，秋水共长天一色。”

刘禹锡则认为“山明水净夜来霜，数树深红出浅黄”。

在苏轼眼里：“一年好景君须记，最是橙黄橘绿时。”

原来，他们都喜欢秋天啊，只是每个人的眼里，都有专属于自己的秋天和专享的秋色。

在我眼里，秋天是什么颜色的呢？

秋天是金色的。金色的田野稻翻浪滚，层层叠叠，欢笑着一波一波涌向天边，似黄金的大海。豆荚嘎啦嘎啦响，一边摇铃一边唱着丰收与喜悦的歌谣。各色黄的叶子，挂在树上，把整个天空映得亮堂堂；飘落在空中，如一只只翻飞的蝶；落在树旁的小河里，化作金色的小船驶向远方。银杏树叶最是招摇，漫天飘飞，凌乱到极致，美到极致，累了倦了，恣意地扑向大地，铺就一地的金毯。

秋天是红色的，漫山红遍，层林尽染。满树的枫叶带着满腔的火烈与热情，不停地摇晃着红掌，醉了整个秋天。红杉林更是诗意盈然，挺拔修长，林间的小路在寂静中蔓延，秋风卷着满地微微泛红的叶片，轻轻弹奏着生命的琴弦，飒飒轻抚着飘然远去的身影……粗犷不过红高粱，还没有酿成酒，就把自己先醉了。

秋天是蓝色的，瓦蓝瓦蓝的天空，好像刚洗过的蓝宝石，明净、纯澈得像婴儿的眼睛，看着它，你不会产生一丝杂念。绵延的小河与湖泊，澄碧如绸，秋风吹过，一湖的褶皱掀起微闭颤幽的眸，紧紧贴着秋的根部，与渺远的蔚蓝遥相辉映。

秋天还是白色的，满园的杭白菊，一朵朵，一簇簇，迎着秋风，披着寒霜，争妍斗艳，喷芳吐香，开得到处都是，白得让人眷恋，香得让人陶醉。棉花糖似的白云，软绵绵蓬松松，盛开成一朵又一朵的妩媚，不颦不蹙，让优雅滋润出一幅恬淡。一不小心飘落田间，成就了满坡的棉花。

明艳的秋天，灿烂的秋天，火热的秋天，紫莹莹的葡萄，红彤彤的苹果，黄澄澄的橘子……啊，秋天的色彩丰富而饱满。秋天，带给大地的是丰收，带给世界的是美妙，带给我们的是快乐！

这样的季节，我只想牵着你的手，漫步落叶下，踩在落叶上，便觉得一切都是美好的。

素心向暖，秋安

光的折射把晨曦运载到东面的白墙上，真好，天亮了。

我赶紧着衣，烧开水，把肠胃略暖，牵上小狗，下楼。

小区里寂无一人，那些花花草草的都还在淡淡浅浅的曙色里做着沉沉的梦。四周很静，不见一只鸟儿，不听一只鸟鸣，只有各式秋虫，还在草丛里卖力地弹奏，似乎不知疲倦。哦，对了，它们是昼伏夜出的。

沿河岸的柳树，酣睡中都不忘展示它曼妙的身姿，随着秋风轻轻摇摆。天空也是一副睡意蒙眬的模样，罩了蓝色的薄衣，就像给大地盖了一层柔柔的被。小河就在这张被下舒展柔和的肢体，像一个婴儿一样酣睡，粼粼波纹，是它梦中露出的恬静的笑容；微微细浪，是它发出的喃喃呓语。

河岸上草坪里，在我的脚下，草花依旧安静地开放，无声无息；脚步落下去，一群群蚂蚱争相跃起，身姿俊俏敏捷；高大的毛白杨，面目慈祥，平易近人；河岸边的台阶上，略略泛白的青苔伏卧成一幅时光的剪影。远处，锦缎一样柔顺的小河，金光熠熠的高楼和成片成林的紫荆花，成就了一种奢华。

小区对面，消防区的后面，大片大片的紫荆静立于一片翠绿之中，用一种不惊不骄的姿态接纳你瞬间为之心醉神迷的目光。置身于波波祥云般的花海，一片晴明祥和。

道边最是热情的香樟，不知被风唤醒，还是被我惊了，和着秋风的节奏，啪啪啪地拍起了小手掌，拉开了这个叫作晨的序幕。便有大的鸟在我眸中略一停留，不等我有所表示，又扑棱着翅膀从我身边一掠而过。很快地，似乎瞬间，屋顶树梢上，随处闲着的小鸟，一幅闲得有理的样子，踱着步，偶尔吊两声嗓子，闲得令人略略生出嫉羡。

四周的高楼还在沉睡之中，姗姗而来的一轮日出，慢慢爬上屋顶，只将一袭橙黄，涂抹在远远近近的草坪上、高楼上，和我扬起的发梢上，薄薄的，柔柔的，一种包裹全身的温暖如约而至。素心向暖，秋安!

落雪为念，不负流年

北方已经下雪了。

素未谋面的朋友在空间晒了片片，白茫茫的一片，像童话里的世界。心下羡慕得紧。苏中平原少雪，看到有雪还是激动多多。

我喜欢雪。

某年，有北方来谋生的一边忙着装吊灯一边告诉我，他们家乡已经下雪了，厚厚的。我满眼惊叹，羡慕不已，不忘加一句：你们北方冷哦。他却说，你们这里的冬天才最煎熬，湿冷，冷到骨子里，寒意隔着衣服往里钻。他说，做完你家就回去，撑不住了，他想念北方家乡的炕和暖气。

那年冬天，家乡无雪光顾，没有雪的冬天特别漫长，朔风呼号，满眼苍凉，一片阴冷。没有雪的冬天缺了质感，少了很多情趣，生活里少了很多味道和期待，尤其像我这样爱雪的。那年的冷冬，我特别向往北方。

我其实是不喜欢冬天的。

下雪，意味着寒冷。还意味着一系列要人操心的事情发生。比如道路湿滑交通事故频发，比如浑身上下裹着一层层臃肿的衣服像个北极熊。比如被雪覆盖的田野挖不出新鲜肥厚的黑塌菜……

最记得的，2008 年的那场大雪，几乎是一场灾难。车子一上街就在雪地里打转儿，很多人被困在车站无法回家过年，我在一家超市面门前着着实实摔了一大跤……无害的是故事，有伤的是事故了。那年，许多人都把苦难演绎成了民俗的段子。

所以我最怕过的其实也是冬天。怕冷是一方面，更怕雪天的各种频发事故，担忧那些不得不在冰天雪地行走的人和车辆，每到这时总会祈祷：安全！安全！

秋去冬来数九寒，瑞雪纷飞又一年。闲人说，你不能因为一己之私盼着下雪，虽然我在理智上明白雪天可能带来的种种。但是，在情感上，我仍然热爱着雪。

我喜欢雪哦，尤其是雪正下着的时刻。我会在晕黄的路灯下，一脚一脚踩下去，脚起雪落，再看着身后的脚印一点一点被抹去。我会静静地躺在雪地里闭上眼睛听雪落的声音，扑簌簌，扑簌簌，就像梅花落在清夜，节奏是合着心跳的，特别轻，特别柔，也很，脆。我会在雪地里奔跑，旋转。特别喜欢与雪花缠绵，在漫天飞舞的雪花中，看它从遥远的天际赶来，前赴后继，洒脱豪放，野性自在。热烈地拥抱你、席卷你，舔你的眉眼，钻入你的发丝，跃上你的指尖。奇妙的是当你用心体味这种热情时，从心底深处滋生出温暖和柔软。这是雪与生俱来的质感和力量。

我喜欢下雪的日子，喜欢它悄无声息地将世界染白。喜欢它的宽容大度，从容淡定。我又忆起那句民谚："今年麦盖三层被，来年枕着馒头睡"，雪，不仅和浪漫有关，也和幸福生活有关哦。雪里藏了很多美好。美好是治愈系的秘药……它可以治愈这个世界，它藏起所有的繁华，抹去所有的沧桑，它用素白书写着纯净和圣洁。还有我们，被雪包裹的我们亦是圣洁的，喜欢在雪野里做一地纯净的梦。

有雪的世界很体面，有雪的日子很温暖，有雪的记忆阳光灿烂，我已经在雪里藏了很多美好，我只等雪来，因为我明白，每一粒雪，都是对冬天最好的告慰，每一个有雪的冬天，在让我们凝眸四望的时候，白得物我两忘。

落雪为念，不负流年。

2018 年的最后一场雪

小宋说：你负责看雪，写雪景，我负责给你点赞。

哑然失笑，我一次次地看花赏月，一次次感怀季节，就像我一次次地雀跃，一次次地难过。我把浮生当余生，把过往当风景，看过，爱过，有些装帧入框，有些细细收藏。

我喜欢雪。像我一样喜欢雪的，一定有很多。这不，空间里的雪花越飘越大，我半倚在床上，一一打开，一一看过。这眼前雪啊！扑簌簌扑簌簌，如夜梅轻落，那是落在我心底里的声音。我拥被而坐，在一室的温馨里，慢慢地看，静静地赏。

尤记初雪时，我满心欢喜，看它翩然而至，随它翩然而舞。可不待我尽兴，它倏忽退隐，徒留我在烟雨朦胧中，独自怔愣。所以今次，我不打扰。只想待它停在街道的某一角，再去造访。

夜未央，灯已亮。我戴上帽子，捂得严严实实。如我所愿，地上落了薄薄的一层，小区里，高高矮矮的树丛之上，像缀点了许多的白花。

街上几不见人，只在小酒馆的前面，有一个孩子，他忙碌着把汽车上不厚的积雪往一个罐子里扫，我问他干吗，他兴致极高地回我：打雪仗！我还没反应过来，斜刺里冲出一个身影，小男孩扬起手中的罐子，积了半天的雪瞬间抛洒了出去，随之而来的是银铃般的欢笑声。心中感慨：小朋友是不怕冷的。小朋友不怕的岂止是冷，他们永远相信，手中很快积满新的雪，更多，更白。

我像往常一样散步，空气清冽，四周静寂，静寂到只有雪落下的声音，仿佛世界就在我一起一落的脚步和轻舞的雪花里。

与我同样的人极少，路上遇到三五个，大抵撑了伞，大概是怕冷吧！果然有人在空间留言“如皋冷得没魂”，我不冷，一大圈下来，周身暖暖的，说不出的舒适与惬意。

路灯按部就班地变幻着红黄绿。雪花在路灯的映射下，变得妖娆，让人生出莫名的欢喜。

夏日常去的人工湖边，桌椅孤零零地立着，覆着雪，入了画，有着一种静寂孤绝的美，直觉自己走进了童话世界里，真不想走了呀！

有友提醒：外头下雪哎！是啊，下雪哎，真好！感念如我，敏感的心保有足够的热爱，在任何一个季节都能嗅到生命的芬芳。雪来相迎，雪去相送；桃花开时，再去桃林，看花开嫣然，看花落缤纷……游走在尘世，乐于邂逅一花一草里的美好，即使手中的笔，无法描绘眼前的美景；笺上的字，无法表达有时的心情。

这一刻，雪花漫天飘飞，欢喜在心底漫延，涌起别样的情愫，2018 年的最后一场雪，你的盛放被我途经，我，是否是你眼里，不一样的风景？

春去春又回

回到家，姐姐便和母亲一起洗捞烧煮，我一如既往地决定到处去转转，这是我每次回来的必修课。我总喜欢在如海河边、打靶台前或田头小道转悠，那些地方写满我童年的回忆。况且计划着掐点枸杞头带回去，顺便看看有没有蒲公英，说是肝火旺泡茶喝好。还想去找一找小蓟，说是可以治疗失眠。回到老家的时候特别觉得自己是个孩子，事实上我已经掐着中年的尾巴了。

草色初新，芳菲如绣。空气中的气息是欣欣然的，伴着枝头的娇嫩，麦苗的晴翠，油菜花的金黄，一点一点伸展而出，带着不可名状的喜悦。我任双颊攀上阳光的抚摸，让浸润了冬天多少有些生冷的心生出几丝柔软，伸出手，握了一把春光，轻轻地擦上发丝，试图让自己脱胎换骨。

被风扬起的发丝从面颊拂过，温和得像爱人的手掌。我试着与春光相拥，亲吻。我试着敞开心底的柔软，去触碰那些小花，还有小草。我试着与春光相视而笑，草长莺飞的春天，有什么理由不欢欣，不愉悦呢？

是的，春天去了，春天又回来了！我直奔如海河而去。

河面没有记忆中宽阔，我知道不是它变窄了，而是因为我长高了见的湖泊多了。粼粼的波光一漾一漾的，应该是在为春风打拍子，心照不宣地唱只有它们懂的歌儿。河边的苇花一如记忆中的壮美，一顺地奔过去，又步伐整齐地跑回来，摇头晃脑地跳着广场舞。地上已经冒出了嫩的芽嘴，有些发红，像俏生生的娃娃。少少的一两棵不成气候的柳树，倒是迷蒙着一树的绿色云烟，莲步轻移，腰肢婀娜，对着河面献舞给自己看。自生自灭的小野树多了去了，貌似枯瘦的枝条上，藏不住的细小的绿的芽苞，一咕噜一咕噜的，米粒样地粘在枝条上，吐着蓄了一个冬天的心思，鲜嫩，活泛。

五灯草混在枯茅草间，努力昂着头，五支伞柄上又分出的三支，簇拥着，精巧细致，分不清是叶还是花，难怪又叫五朵云呢，我们小时候叫它奶浆草，因为扯断后，满当当的都是白色的乳汁，不小心就被当成了一朵花。婆婆纳肆无忌惮地舒展着，密匝匝的，绵绵的，似乎要铺成一方毯子，大片大片小巧的四瓣花像碧天里的星星，说不上是蓝色、紫色，还是蓝紫色，就是好看。

野蔷薇还没有生出钉子，小叶片绿中泛红，直可以与蔷薇枝媲美，春风再吹几下，沟渠边最美的风景就属它了，白的，浅粉的，粉红的，垂挂着，浓郁的甜香不仅能吸引四面八方的蜜蜂蝴蝶，也能吸引我们，常常不顾手指的鲜血淋漓，都要把它采摘回家，反正生命力强着呢，总是非常饱满，满坡的生机盎然。

“噗——”飞出一只鸟，“噗——”又飞出一只鸟，不鸣不叫，只站在茸茸的草间枝头，歪着小小的脑袋，瞪着溜圆的眼睛，看我，看河，看春天。

我看到枸杞了，那绿，鲜嫩得仿佛要滴下来，长了嫩叶，还没有抽枝呢！蒲公英举着一个个小太阳，明媚得不行，热情地召唤着我。那带着刺儿的小蓟和花叶滇苦菜长得太像了，不开花我哪里认识啊！

叫得上名儿的和叫不上名儿的小野花真多，我举着相机忙着拍照的时候，一个声音打破了四野的宁静：“二丫头，你回来啦？”我抬起头来就看到村西头的国安外公，曾经高大帅气的他长成了标准老头儿的模样，我连声跟他打招呼。他笑着问：“在拍这些花花草草呢？”我有些不好意思，他却善解人意地说：“我家伢儿回来也喜欢拍啊拍的，你说我们天天见着的这些油菜花吧，看着也没有多漂亮，嗯，孩子们一拍就真的好看了。”

“还有我家养的这些鸡，天天看着有什么好看的，还臭烘烘的。他们用录像一录，我都不敢相信，这是我家的鸡呀！”他兀自说着，兀自笑着，我有些恍惚，旁边的油菜花映着他的脸，春天分明写在他脸上了。

是春天！春天到乡下最适宜！绿是最出众的，麦苗，蚕豆，各式菜蔬，深深浅浅，浓浓淡淡；黄是主旋律，油菜花开得铺天盖地，浩浩荡荡，让你血脉偾张，只想立在其间，骄傲地站成一朵小花，迎风而舞。桃花，梨花，杏花，赶着趟儿喷花吐翠，浓墨重彩。倘若逢上春雨潺潺，小河淌水，撑一把小伞走在田间小径上，鞠一捧春天的水，你的心就如这无边无际的田野，妥帖、安静而从容。田间劳作的农人，忙碌的身影，正播种着希望。

第二辑 无人知是故人来

心似莲花开，眼前的时光也变得摇曳生姿，风情万种。

阳台上的三角梅

这样的时候是应该写一篇文字的，用必须也不为过。

——题记

一年前，在一家小小的门店，买了个不算小的盆栽——三角梅。是那种红得张狂红得放肆红得铺天盖地的姿态深深地吸引了我，我几乎不曾犹豫，很快把它带回了家。

这盆三角梅在我家阳台热热闹闹了好一阵子，我几乎每天去看，我被它鲜亮活泼的生命所吸引，它熠熠生辉，就像在我的屋舍和我的心海同时悬了一枚小太阳，让我的心情明艳了很长一段时间。

开始我对它关怀备至，时不时浇点水，等它花事荼蘼的时候，就把它遗忘在阳台了。它不计前嫌竟然抽出了一条条新枝，挂满了新叶，等我再留心的时候，它的枝条已经恣肆地长满了整个阳台，且上面长满了长刺。我想：属于南方的三角梅变异了吧？就把那些带刺的疯长的枝枝叶叶全部给剪了。我突然就觉得它不会像店主说的那样第二年还会开花。就把它当作小绿植吧，纵使哪一天它有意无意离开，我也不会过于自伤，横竖它已经开过，横竖它已经美丽过。

天气热了又冷了。是天气变化的缘故吗？三角梅的绿意渐渐黯淡下去，它的委顿和颓唐，它的憔悴和绝望，在一片片张皇的凋零中一览无余：叶杆已经发枯发白，光秃秃的花茎上本是精神抖擞根根直竖着的小刺儿，也无精打采地耷拉着，它看起来奄奄一息。

无论我是小心翼翼地浇水，还是小心翼翼地把它放在阳光下，都没有能够再催生它的笑意。是的，三角梅，它已经开过，已经美丽过，看来，它的生命历程是要终结了——本就是生命的规律，又有什么好遗憾的呢？

这样想着，就把它轻轻地放进了垃圾袋，伺机把它带下去扔进垃圾箱。但是，它是真的想要离开我吗？它是真的活不下去了吗？它有没有可能来年春暖花开的时候再发芽呢？

已经打算放弃的我又莫名其妙地停下了脚步，转身，从垃圾袋里取出了三角梅，仔细端详。它的确已经朝不保夕了。我把枯黄的叶片摘下来，把它拿到水龙头底下淋了一些水。又把它放回它以前待的阳台上，只是换了一个角落。后来我是真的把它给忘了。

这样的不觉数月，某天，我去整理阳台，再次考虑要不要把它扔掉的时候，我呆住了。我看到了了无生机的三角梅盆栽里面有一抹绿色，我眨眨眼睛，努力把头凑近去，是的，有一片绿叶，很绿很绿的心形叶片，不大，也不很小，在一片枯败中，泛着怪异的光。无论我怎么仔细看，再无其他一丝生机。我还是把它留下了。

几天过去，又是几天过去，又是几天过去……只有那片、唯一的那片绿叶，怯怯地站定在枯枝之间，叶片后应该还有双怯怯的亮亮的小眼睛吧？它在看我，像我一样看着它，我确信的。

就在今天、刚刚，这盆曾经只有一个叶片的三角梅盆栽，生机盎然，柔软的毛茸茸的小叶片像一只只小蝶栖于枝上，疏密有致，动静相宜。这是怎样一盆充满灵性的植物啊！

明澈快意在我的心头抖落开来，这小小的盆栽，它坚持用它今生的美丽，来酬谢我的一份相惜，是这样吗？

忍不住想起读了无数次的那篇《最后一片树叶》，小姑娘的生命最终之所以没有像一片树叶一样飘落，正是因为老画家贝尔曼在风雨之夜用自己的生命在墙上画下的那片维系生命的绿叶啊。

虽然希冀有时候只是一种荒凉的企盼，恰如遥远的地平线，你明知它不可抵达，但是它一旦从你的心海中消失，你的心弦也就断了。这个小小的盆栽，它竟能禅悟生命中许多难解的谜！

是的，在生命的历程中，总要有一片绿意葱茏的叶子在。

邂逅四叶草

01

什么叫过家门而不入，这就是。

送完豆子到小区门口的道儿，突然心血来潮，想去龙游湖。

喜欢这样转转。阳光正好，清风正好。天空没心没肺地蓝着，花草素面朝天，湖水澄澈明净。道旁并不高大的树苗翻山越岭，树冠蓬勃，各色草等在树的间隙中牵牵扯扯、难舍难分。轻描淡写地避开了尘世间一切喧嚣，任风漾起舒缓的细浪，拥抱着你，簇拥着你，缓缓穿行其间，游鱼一般，转身摸摸树叶，抱抱可以抱的树；弯腰抚抚小草，闻闻草叶儿香……好一个清澈简单的世界啊！

02

眼前的时光，宁静安详，静寂之中，其实丰盈。

沿着一条并不熟悉的道路走。道路的右首是小时候常见的趴地草，并不繁茂。左边铺天盖地的全是三叶草。我想找我的幸运了——四叶草。

我走了很久很久，我想起了一句话：有心栽花花不开。看来今天我要与四叶草错肩过了。

……

啊哈，还有一句叫：无心插柳柳成荫。一叶四叶草不期然地跃入我的眼帘。

03

你听过四叶草的故事吗？

传说中的四叶草是夏娃从天国伊甸园带到大地上的，夏娃通过四叶草找到了失落的天堂，四叶草的花语是幸福。

还有一个传说。一次，拿破仑正带兵行过草原，发现一株四叶草，甚觉奇特，俯身摘下时，刚好避过一颗流弹，逃过一劫，从此他便称四叶草为幸运草。

似乎还有一些其他的传说。

据说，最正统的“四叶草”来自白车轴草，也叫苜蓿草，就是我面前的这一大片。苜蓿草的小叶片通常是三片，只有极少数在基因变异的情况下才会长出第四片叶子。在十万株苜蓿草中，可能只会发现一株是“四叶草”，因为概率大约是十万分之一。

总之，“四叶草”是国际公认为幸运的象征。

它的每片叶子都有着不同的意义：

One leaf for name（一叶带来荣誉）

One leaf for wealth（一叶带来财富）

One for a faithful lover（一叶带来爱情）

One for glorious health（一叶带来健康）

All in this four-leafed clover（四叶草具备了这四种功能，就能带来好运与幸福。）

04

我轻握着四叶草，轻轻地，轻轻地……小小的幸运物，承载着人们向往幸福美好的心愿，我可不会为了一己之私，把它摘下！如果能让更多人看到，感受到幸运与幸福，多好！

漫山遍野的三叶草，仰着素面朝天笑，三片心形状的叶片，叶心较深色的部分亦是心形，小叶片上有一条白色的马蹄状斑纹，连在一起，又构成了心形。三叶草，很漂亮哦！

当我带着单纯的快乐，行走于铺天盖地的三叶草边缘时，突然遇到一个人，他好奇地看我再看我，终于忍不住问："你在找什么？"

我说："找四叶草。"

"我们这里没有四叶草啊，长的都是这种三叶草。"

我侧身的一瞬间就看到了一个四叶草，指给他看。他惊愕地说："我一直在这里，还从来没有看到过四叶的呢。"我笑，留一脸的惊愕于他。

岸边的杨柳拂上我的面颊，湖水的波光倒映着我清澈纯净的笑容，我相信，即使我没有遇到生命中的四叶草，我也是幸福的。

无人知是故人来

上次去平园池村的时候可能来得早了，荷花稀稀落落的不成气候，连荷叶都疏疏的，远不如我惯常散步的道路两侧荷香馥郁。看到空间里转的文字，或者是图片，颇不以为然。后来再有几次邀约都提不了兴致。

姐姐数天前便打电话，一定要来看看的，因为大家都说漂亮，而且恰逢平园池村举行藕池文化园开园仪式，虽然最不爱凑热闹，还是不想拂了老姐难得的雅兴。于是，一骑红尘，只访故人。

往平园池村去的车辆行人可真不少，老远就泊了车，随着人流前行。令人啼笑皆非的是，老姐把时间记错，去的时候开园仪式刚好结束。那就正好专心看荷花呗。

“世间花叶不相伦，花入金盆叶作尘。惟有绿荷红菡萏，卷舒开合任天真。”还没入园，远远但见荷叶风起云涌般铺天盖地，荷花亭立于其间，怒放。如此盛装的荷塘，在我的一生中，截至目前，只有一次。下次如果再遇见，会不会是另一个唯一？

漫步在荷径小道，千页廊桥，两边是满目晴翠，磨盘大的荷叶，重重叠叠，直把个河面挤得看不见一丝水纹。大朵大朵的荷花，全蓄了力气成全自己，像一个个亭亭的盛装新娘，表情丰富，神采飞扬。穿行其中，举目四望，绿盘如盖，花开娉婷，交织成立体的绣锦，一波一波，或动或静，都似涌浪翻滚，铺向天边。

缓步而行，且行且观，且观且拍，竟是看不够。满池的荷花千形万象。有的双姿叠影，掩不住的风情万种、仪态万方；有的风姿绰约，噘着小嘴儿笑，娇滴滴小女儿状；有的执手相望，抖落下几片花瓣儿，露出俏生生的小莲蓬……真个儿是各具情态，自在天然。

一直以为荷花的美，在于它的出淤泥而不染，唐诗宋词里刻录的莫不是它的纯洁无瑕。“只可远观，不可亵玩”，这平原池村的荷花竟生生地长到岸边，甚至跑至堤岸上，不仅与你耳鬓厮磨，许你亲近，而且清香馥郁，许你萦怀纳袖。一汪清水，满目晴碧，凉爽了如火的盛夏；一池菡萏，暗香迭迭，让你的心气神儿为之一振。

观者无数，有摄影爱好者支起相机，架起长镜头的，有举起手机随情随性按下快门的，也有凝神细看，用眼用心摄录的。俯首间，竟有人对着我笑：“拍了，连你们也拍下了。”不禁展颜一笑。萍水相逢，错肩而过，便如这满池荷花一般，于石破天惊中洒落一池的淡定从容，自成了一处景，也算是一种成全。

慢慢地走，慢慢地看，慢慢地拍。咫尺之间，任一池清灵俊逸的荷花就这样在你面前顾盼生辉，欢颜韡韡。心似莲花开，眼前的时光也变得摇曳生姿，风情万种。所有俗世之尘埃，体外之羁绊，荡然无存。不思前，不顾后，或走或停，嫣然无拘，流连而不思返。

紫　藤

学校大门右侧，曾经长过一根紫藤，攀援在一株高大的古树上，如日冲天，把个自己长得蓬勃葳蕤，叶虽极盛，可能因是首年，花开并不多，少少的几串儿，高高挑在树梢，也是清秀孤标，美了一个季节。

第二年路过的时候，却只见矮矮一抹新绿，一了解，因是古树枯槁，紫藤虽极繁茂，也被砍伐殆尽。想着它的一身碧绿和顽强的生命力，极是惋惜。

如师的墙头也有一簇紫藤。一日步行上班，远远被那丛丰盈而响亮的色彩吸引，心如欢快的雀子，随着如飞“箭”步，高飞疾飞了好一阵，歇在了青砖黛瓦的墙头。

密匝匝的紫藤花穗一嘟噜一嘟噜地垂挂着，光彩照人，在稀疏的嫩叶之间，美得宛如春天的风铃，空幽浪漫，又不乏沉稳大方、含蓄内敛。

醇厚的甜香湿漉漉的，贮蓄着难以言说的气息，把整个世界都熏染了，鼻翼轻轻翕动，我能感觉香气从我的指尖注入，从我的趾端溢出，在我的体内悠然浮沉，我觉得自己通体也是香喷喷的了。许多的蜜蜂在花间嗡嗡飞舞，拉开一个勤劳热情的清晨。

细瞧时，发现这鲜亮的色彩并不单一，但见蝶形的外层花瓣由白色渐变成淡淡紫，最后把高贵的深紫纯粹地沉淀在里层花瓣上，从白色到紫色，都是纯净的、空灵的，美得像不食人间烟火的仙子。

初见是惊艳，再见是倾心。兴致起了，便在小城的街头巷尾到处转悠，终于发现不少的地方都有栽种，攀棚绕架，形成别致的花廊，特别的盛，特别的美，充满热情和活力。尤以实验幼儿园墙头的最为热闹，茎蔓蜿蜒盘曲，串串花序悬挂于绿叶藤蔓之间，迎风摇曳，随性而自在地起舞，所有的喧闹与欢腾都是它们自己的，美得真切。

关于紫藤花，有个古老而美丽的传说：有一个美丽的女孩想要一段情缘，于是她每天祈求。终于红衣月老被女孩的虔诚感动，在梦中嘱她：春天到来的时候，在后山的小树林里，遇到的那个白衣男子，就是她想要的情缘。等到春暖花开，女孩如约来到后山小树林，白衣男子却始终不曾出现。天黑之际，女孩被草丛里的蛇咬伤脚踝，无法回家。绝望无助的时刻，白衣男子出现了，用嘴帮她吸出了脚踝上被蛇咬过的毒血。本来二人携手相爱多好，悲喜参半，天不遂人愿。白衣男子家境贫寒，他们的婚事遭到了女方父母的反对，二人双双跳崖徇情。后来，悬崖边上长出了一棵树，那树上缠着一棵藤，并开出朵朵花坠——紫藤花。所以紫藤花的花语是：醉人的恋情，依依的思念。不独活。突然明白，每一朵花的故事都是这样子的凄惨。如果可以，我以后要把每种花都编一个新故事，关于美好，关于幸福。

流连在紫藤花架下，迷醉在冲天香阵里，怎么也不肯离去，恍然觉得花海在荡漾，只想吟一首小诗，或是哼几句歌词——

"一袭微雨，荡尽心中尘埃；一缕清风，吹开陌上花红。心在此岸已无岸，人在天涯已无涯……"

一树合欢

这个季节不是合欢树开花的季节。

这个季节，我看到了一棵开满花的合欢树。

这是迄今为止，我见到的一棵最大的合欢树。

它长在一栋居民楼的墙角，高高粗粗，斜倾着、高悬着，越过不窄的马路，形成一道阔大的天然帐篷。远远的，就这样在你最没有思想准备的时候，劈头盖脸地跳跃闪烁倾泻，把一树的柔媚落在了你的眉眼里，慢慢入侵眼底，进驻心里……倘若不是从远处姗姗而来，一路寻觅，恐怕都是不会发觉的，我一时惊喜得有点不知所措。

树形很漂亮，像一朵蓬蓬的绿的云。树冠实在是太大太大了，穹庐一般，罩在间隔十余米的两幢四层楼的中间。相较于这种大，树身自然就瘦了，云头雨足美人腰，看不到足，丝毫不影响观瞻，自成了一个巨大的天然盆景。

我无法用语言来描摹我的感受，真的是很罕见的，哪像一般合欢树那样的瘦弱娇俏？绿蓬蓬的，缀满了稀罕的大红的合欢花，像天真顽皮的少女，充满活力与生机，花朵渺渺茫茫，如云、如雾、如梦，似幻，氤氲了我的双眼，涣散了我的思绪。

及至大树底下，仰头，细看。树身很粗，心为之一疼，两层楼高的地方，最下方的两个树枝，根部，上面有两个疤痕，比碗口还粗。很显然，是它的枝丫挡了路了，或者是人们以为挡路了。我用目光轻柔地抚摸了一遍又一遍，我在心底里轻轻地问：还疼么？合欢不语，只许我一树的缤纷。

枝枝丫丫非常艺术地伸展着，虬曲着，有些任性，有些随意。

齿状排列的树叶细细密密，像极含羞草的叶片。也很罕见呢！

这样站在树底下，觉出了自己的小，仿佛站在苍茫的高原，一望无际的茫茫，只有一棵树，巨树；还有一个我，小我。

透过交错的枝叶的间隙，可以看到斑斑驳驳的天空，有好多的波光点点的小星星，在闪啊闪，和我打着招呼。

就是这样一棵树，害我三番五次的，一趟又一趟，驻足，仰头，凝视，回眸……我不想错过这棵合欢树的兴盛，即使它的花语是转瞬即逝的快乐。我一遍一遍地寻它而来，从不同的方向，在不同的时光。快乐没有转瞬即逝，确是满满。

如此大的合欢树，满树清艳的花，艳而不俗，可以如此淡定地绽放，清清爽爽，恬淡到永远的样子。突然心生感慨，所有的相遇都是久别重逢。人生这场刚刚好的路过，山边，水边，林边，遇见什么，欣赏什么。一步一风景，一景一欢喜，留心和感谢每一道风景！

爬山虎

倘若今天，不是带着一帮小家伙寻找秋天的足迹，我是不是永远不会遇到这片惊喜？

一直以为爬山虎太招摇，不够沉稳，不够深刻，不够大气。当它以这样的姿态呈现在我的眼前时，我是怎样的震撼呀。记忆中密密匝匝，沉郁得像深潭似的绿叶渺无踪迹。代之以水墨画儿一样的洒脱与恣肆。那些枯的茎藤和蔓儿，难以计数，和着疏密有致的脚，巴在白的墙壁上，编织，交错，浓墨淡彩，看似随意，又分明井然有序。

爬山虎的生命轨道一览无遗，墙壁上满是小脚丫的痕迹，主藤下密密麻麻，层层叠叠，长成树干的模样，旁枝侧叶或横生或斜逸，布了整面墙，上面零落的几片叶染了黄点了红，缀点着，成了一幅活的画儿。最上方，竟还斜逸着几根蔓儿，不挂不悬，努力攀附于墙面，镜头拉近，竟有小叶活泼泼地玲珑着，因为在最高处？因为与太阳离得更近？我分明听到轻轻的叹息：我们有对生命至诚的热爱，在这无涯的尽头，必是温暖和光明，我们只需向上，向上，再向上。努力，努力，再努力。

“周老师，你快来呀，这里，这里，还有这里，都是爬山虎！”欢呼声把我从遐思中惊醒。我循声而去。哦，My God（我的天哪），我这是看到了什么？与教学楼同高的光影墙上，是爬山虎的天下，低矮处，密集成瀑，高悬处，牵线成帘，拂去秋风萧瑟，弹奏起秋音阵阵，疏密有致，或绿或红，大小有形，穿墙绕梁，端的说不出的精彩绘不出的风韵。我忍不住绕墙而行，或远观或近望，拉拉扯扯，竟发现不动分毫……

是的，这些爬山虎，从初春开始就奋力长叶长蔓儿，很努力很艰辛地一步一步爬高，每一步走得都很稳实，它不借助外力，完全凭借自己的韧劲。倘使生出的脚触不到墙，便自行枯萎，销声匿迹。触着墙的，就牢牢巴住，一层又一层，甚至在同一个地方无数遍地叠加，叠加，再叠加。暑天之时，如瀑如帘，给路过的行人送来阵阵凉意。

总之，那些能在墙上留下足迹的脚，相当牢固，费了劲，我也无法拉下一根。这些倔强的小生命，我用满是深情的目光凝视它们：春日向暖、夏日疯长、秋日辉煌、冬日凋零。第二年，这些小生灵又会怀揣单纯的信念，历经长途跋涉，它们会再次抱着对生命的热爱与赤诚，满怀希望，一步一个脚印，爬满所有的墙……

懒到极致

这是我所见到的最懒的一种植物，是的，懒。懒成什么样子呢？枝干、茎秆、叶片合为一体。嗯，就是这样子的。这就是我初见时的火龙果。以一种奇怪的方式矗立于我的眼前，倔强地长成独一无二。

其实我知道每种植物都是独一无二的，或者说每一种自然的存在都是独一无二。可决绝地以这样的方式存在着的火龙果，完全出乎情理和意料。

我努力地想找一个词来描绘它，驾驭不了。是的。无法繁复地堆砌，也无法简单地白描。只会傻不拉几地重复：这就是火龙果呀，火龙果就是这个样子的呀，火龙果怎么长成这个样子的呢？

其实我想说的可能就是：它怎么可以长成这个样子？轻而易举地令我瞠目结舌，成全一种莫可名其状的惊愕。

我努力搜寻自己的记忆，想用点什么来形容。我想到了仙人掌类植物，柱状的仙人掌。因为它上面的小刺儿，和仙人掌不同的是，它的小刺是均匀地排列成两竖行的，很规整，我还发现硕果仅存的几个果实就是从小刺儿里冒出来的。

于是，我又想到了昙花，昙花也是这么懒的，没有茎秆儿，花朵直接长在叶片上，如果眼前狭长的火龙果树身也称之为叶片的话。真正让我想来看看它的原因之一就是如皋发布上面的插图——它的花，意料之外的美，一点儿都不合情理。昙花的美有如钻石，它怎么可以美得像昙花呢？

我没有能看到火龙果的花，只看到了几个零星缀点的脚果，甚至不太能引起我的关注——超市里水果架上的远比它饱满多了。还有就是像霸王鞭一样的树身。可它哪里是霸王鞭呀，和霸王鞭英挺的霸气相比，它孱弱得得用绳子固定枝干，才可立起。

我就这样一惊一乍地看着眼前的火龙果，没有太多失望，甚至觉得南方的花果能长在苏中平原的大棚里，已足够让我惊艳。就像宏彩熠熠的夕辉下突然闯入两只翩鸿，就像一马平川的原野惊现一座高峰，就像漆黑如墨的夜幕蓦地划过一颗流星……一种意料之外奢侈的美。

我就这样猝不及防地保持着极高的兴致望着眼前这一大片的火龙果绿植，这个懒得不肯把花枝叶截然分开的植物，让我尽享大自然的恩赐和眼前的快乐。

转过身，望向一路陪行，面目黧黑的园主："我可以摘个火龙果吗？"园主好脾气地回答："可以呀！"

我和沈姐一人一个。在回行的路上，沈姐竟不顾淑女形象地开吃了，我也忍不住撕开了薄如蝉翼的果皮，哈，真甜！蜜果鲜甜！水润润的甜！看着对方紫红的牙，禁不住咧开嘴笑。我们两个不约而同地说："好吃！去买几个脚果吧！"

念头只在瞬间，转身只在须臾。亲自拿着剪子剪的快意只有进入生态园的人才能够体验，看到举起的手机还装模作样地切换成慢动作，刻意地把时光雕刻成一幅两幅画，镶嵌进那个叫记忆的小册子。

突然想起老树画画，火龙果一样的懒，人物一律连眼睛鼻子都省了。搭配的那些打油诗，粗砾却撩拨人心。是了，繁复有繁复的妙处，懒到极致，也是丰润。就像繁复如你，我非常欣赏，可我依然选择，做我自己。

卿本妖娆

我是什么时候怎样认识格桑花的呢？不记得。总之，当我第一眼看到的时候，我就爱上它了，那些能让躁动的心趋于平静的草花，在蓝汪汪的天空下，让你生不出一丝杂念。之前，我不曾有看过大片的，大抵是一丛或几朵，零零落落的，在静寂之地安然绽放，让我驻足流连。周一听说南通有菊展，里面就有格桑花海，果断决定，去看看。

周末，一行五人在我错误的导航之下，去了海门的叠石桥，几经周折，历时两个半小时，终于找到了位于南通开发区星湖大道一侧的菊展区。

入门处，就看到了一丛栖息在路侧的格桑花，明艳，热烈，跃跃欲试地盯着我的手机，让我给它们拍照。一只有着细长吸管的“蜂鸟”在其间钻来钻去，撕扯着我的目光，惹得姐她们忍不住大声提醒：快点，河对岸就是格桑花海呢！

真的呢，格桑花海，花开如海，壮丽而阔大，如姹紫嫣红的云霞飘落对岸，划破了天空的灰蒙和宁静，抓住了我的呼吸。我顾不上看沿途造型别致的菊，直奔而去。

这是怎样的色彩啊？如星辰落海，一片璀璨。大片大片的红和少许的白色织就一方任性的花毯，从脚下一直铺展开去，如风过林梢，又如涌浪排空，铺天盖地，漫天席卷，既而如火一般在我眼前燃烧，美到无以复加。

我努力按捺住自己的欢愉，细看眼前的这片花海。那些紫色、红色、白色、粉色、彩色……一朵朵，一丛丛，一簇簇，一片片，一个个喜气洋洋地站在自己的地盘儿，蓄了力气成全自己，鲜妍明媚，满目晴芳。眼前这小小的草花那样妖柔，那样妩媚，那样招惹人，哪有记忆中的宁静安然。脑海中突然蹦出一个词儿——卿本妖娆。

姐妹们争着要我拍照，我便尽了力想要拍出她和它们的美丽来，我不想辜负了那些拼尽了全部的力量也要在初冬的季节里一展欢颜的花儿，蹲下、起立、侧身、弯腰……再怎么努力，我也无法立体地全方位地捕捉到眼前的美。忍不住慨叹，花香难绘，最好的相机，其实还是我们的眼睛呀。

不知何时，太阳也经不住诱惑跳将出来，它热情地拥抱我们，殷勤地亲吻着我们的额头和脸颊，在一地跳跃的阳光里，格桑花益发红艳、明媚，让我们几乎忘了，这是秋末冬初。

有时忍不住会想，这样单独的一朵小花，或许并不起眼，但这样一朵朵的，蔓延成一种规模和气势时，谁还敢漠视？

女人如花，绽放在生命的春秋，徘徊在岁月之门，就像眼前的这些格桑花，尽管花期留不住，却也要倾尽所能，开得大大方方，让走过的岁月充盈饱满。不去管深秋霜至，也不去管严冬之寒，就算落于尘埃，亦能从容坦然。

桂子飘香

忽然闻到浓浓烈烈的清香。便忍不住好奇，哪里有桂花香吗？越来越喜欢自己居住的这个小城了，除了到处五彩缤纷的栾树媚了整个出行，现在爱小城就是因为满城桂花香了。走在路上，也许你不能看到，但你绝对可以闻到，丝丝缕缕，绵延不绝，整个人似乎也变得香了起来。靠得近了的时候，那香气便浓烈地直往你鼻孔里钻，似乎要把你浸泡过滤一般。

终于扬起头，凝眸，看到了花坛里的这棵桂树。这棵桂树不大，可这棵桂树上的桂花可真多呀！密密麻麻地缀点着，感觉花都要比叶子多了去了。不是感觉，是真的。密密匝匝的小黄花成摞成摞的，让小花坛一下子变得醒目，明媚了起来。我拼命地吮吸着，吮吸着，尽情地品味着它悠长怡人的香气，很享受，整个人都变得神清气爽。

我忍不住观察起这个花坛来，啊，这也配叫花坛？桂花树的周围，就围着几棵稀稀疏疏的大叶黄杨，无精打采的。可你能说它不是花坛吗？花坛的模样哎！最关键的是，里面长着这样一棵开得正好的桂花树。我又忍不住把目光移向了桂花树，我甚至忍不住跳上了花坛，近距离地打量它。

原来每朵桂花都长着四个瓣呀！小小的米粒大小的花瓣就像一柄不

太规整的小勺，似乎想兜住香气息。原来桂花是有两个小黄点点一样的花蕊呀！不留意几乎会忽略它的存在。原来桂花的花瓣摸在手里，是这样的厚实质感呀！怪不得花开如此密匝匝，一个花萼里窜出 5、6、7、8 不等的小柄，顶着随性任意的花朵，开成各种模样。桂花树的叶子绿绿的，硬硬的，像在哈腰的女子，两头尖尖，特别葱翠。那成堆成匝成簇的花累累地开在绿叶之间，满目金黄叠翠。秋意正浓时候，还有哪种花树能媲美它的香，它的明媚端庄呢？外表清雅，内心博大，是花没有花的艳俗，不是花却有花的风情万种，香飘十里。

秋意浓，桂花香。这么多年闻着桂花香，总以为桂花是闻的吃的，它的模样从未使我心动过，今天，当我走近的那一刹那，桂花告诉了我它所有的美丽，它美的岂止香气？倘若不是这小花坛，我又怎能走近桂花这谦谦君子？

谢谢你，小花坛！谢谢你，桂花！

蒲公英的约定

01

之所以把目光投向蒲公英，实在是有意而为之。因为一个老医生，让我用蒲公英煎茶喝。它的功效，简言之，就是排毒、防癌。

我上网查了下，果然，介绍蒲公英用途的文字一大堆一大堆的，我概括了一下：蒲公英植物体内富含大量维生素和各种微量元素，还富含多种健康营养成分，是药食兼用的植物。可生吃、炒食、做汤，也可以直接泡开水喝。

02

蒲公英实在不是一种稀罕的花，生命力极强。这个时节，田头沟渠边都有，如海河边更是遍地是。也许应该叫它草，会开花的草。

波状列缺的叶子造型独特，让人联想到古代的一种兵器。长长的空心花梗玉树临风，尽可能将每朵花送往最高的地方，好让天空看见。也许不是给天空看的，是给风看的，希望风能把它们的种子带得飞高走远。

钟一样的花托把从根部吸来的营养紧紧地封锁在腹内，确保萼片上的花蕾吃饱喝足，茁壮成长。一个个待放的花苞扁扁圆圆，像一只只精致的碧色玉缶，口部塞着金黄的丝绸。

花开的时候，细细的花瓣围着花蕊整齐地排坐成一个圆。仿佛浓缩了的向日葵，却比向日葵还要丰满，叠叠的。又似一张张纯真灿烂的笑靥，可着劲儿地对着天空卖萌。

原来我一直认为蒲公英的花是金黄色的，阳光的色彩，后来不知道从哪里舶来一个词，觉得更加精确，那就是明黄，它让花朵的色彩赋予了非凡的内涵。

03

蒲公英叶美花美，种子越发美。那圆圆的绒绒的小东西，给人一种梦幻般的韵味，那种美会让你看着看着，便再无焦距，浮想联翩。你不忍心触碰它们，可又忍不住轻轻抚摸，一抚一摸之间，那圆圆的梦便扩散开来，炫动起来，一丝丝一缕缕，于细微的风里妙曼成某种情绪。于是想起那首《蒲公英的约定》：

小学篱笆旁的蒲公英/是记忆里有味道的风景/午睡操场传来蝉的声音/多少年后也还是很好听/将愿望折纸飞机寄成信/因为我们等不到那流星/认真投决定命运的硬币/却不知道到底能去哪里/一起长大的约定/那样清晰/拉过勾的我相信/说好要一起旅行/是你如今/唯一坚持的任性/小学篱笆旁的那流星/是记忆里有味道的风景

……

周杰伦那模糊深情的声音，把这首《蒲公英的约定》，演绎得韵味无穷。

04

这样的旋律，这样的歌词，在一个寂静无眠的夜晚，会让你单曲重放一遍又一遍。你可能会想起许多许多，想起青春，想起年少过往。你也可能什么都不会想，就那样放任自己沉浸在流水一样的歌声里，沉沦。

于是，你忍不住会想起蒲公英的花语：

——*无法停留的爱*

——*让我无法释怀*

凄美而又苍凉!

蒲公英是安静的，总是在花丛中的角落里静静地等待，等待被风吹散，然后流浪，流浪……就这样在天空飘着，直到有一天飘得累了，终于想要停歇，想要留在一个还算喜欢的地方。

可是偏偏当它想停留下来的时候，风，却又把它带走了，永远无法停留。或许，这就是它的命运，短暂的缘分，一生中偶然的相遇，即使不是错误，也可能只是命运的一个定数。

这样的流浪，也许永远没有尽头。流浪的蒲公英，是一个没有泪的天使，就这样越飞越远……

不流泪的它，为谁放弃了整个天堂……即使重新来过，依然会选择流浪……

05

我不喜欢这样的故事，蒲公英是热烈充满生机的。我喜欢我们小学课本上的《蒲公英》，成熟的季节，种子们随着风伯伯擎着降落伞，可以任性地自由自在地飞一段时间，既不贪慕湖泊的波光粼粼银花朵朵，也不爱慕沙漠的金光闪闪无尽诱惑，总会选择黑黝黝的泥土安家落户。

落在沙漠里的蒲公英种子会怎样呢？会干死。落在湖泊里的种子会怎样呢？会淹死。蒲公英种子，无论有多么迷离的梦，都是聪明的：只有黑乎乎的泥巴，才最适合它们呀!

就像现在，田边地头，渠沟陌上，蓊蓊郁郁的蒲公英，在金灿灿的阳光下竞相开放，茁壮成长。

第三辑

中秋三记

中秋给予我们的，没有离情别绪，没有感秋伤怀，有的只是月亮一样的丰盈，月饼一样的圆满。

家乡的黑塌菜

黑塌菜，我们当地叫它趴趴菜。也算是我们家乡如皋的地标性农产品了。这个时节，下班的路道两边，菜市场的门口，一堆堆，一担担，全是的。

深绿，绿得泛乌，乌得泛亮。这份黑乌使黑塌菜有别于其他青菜的翠碧，显得大气而沉稳，俨然菜中之冠。在田头，就是一朵朵墨绿的大花，叶片像泡泡纱，株型平整，叶片肥厚，菜秆阔而短，故名趴趴菜。

要想黑塌菜好吃，非得等初冬的几场霜降。似乎霜的晶莹剔透全化作了精魂渗入叶片中了，水灵灵的，肥嘟嘟的，肥嫩多汁，漾着水光，由不得你不欢喜。

那就从菜农摊头买上点儿带回家呗。多买点也没关系，尤其在下雪上冻前，家里是必须储备的，常温放置一个星期都不担心打蔫儿，所以回乡的人常会整袋整袋地挑了带走，送人，自家吃都行。尤其是在春节期间那满桌的肥腻中，忽见一盘青绿，那没到口也便先胜一筹。

吃法简单，可清炒，清淡爽口；可做炖锅，酥软肥厚；可佐面，鲜香美味；可和豆腐河蚌同煮，奇香留舌；亦可煮肉，肥而不腻。各是各的味儿，各有各的香。

我顶爱吃清炒的黑塌菜。挑上两三棵，一片片扯下，洗净切段儿，轻油，旺火，爆炒。至菜瘪，少许白糖捉鲜，少盐，出锅。哇，绿油油水汪汪的，微苦鲜甜，满嘴生香。倘若家中有老人，可加水多炒两铲，更显软肥，照样回味无穷。一桌的菜，最先盘底儿朝天的必是黑塌菜。

在这天寒地冻的冬日，黑踏菜是家家户户的宠儿，很多餐桌上都少不了一碗黑塌菜粉丝汤，粉丝晶莹透亮，黑塌菜水润碧澄，入眼，入肺，入心，热气腾腾，暖了整个冬天。

做手擀面时若是配上黑塌菜那更是绝配。一锅汤面，撒上一层黑塌菜，汤勺搅拌几下，便烫熟了。面白菜青，再怎么挑剔的人看着都有食欲。总会先拣了菜叶细嚼慢咽，其实哪里要嚼，入嘴即化，再将面条吸溜吸溜两下入肚，嘴里哈出热气，最后一碗又暖又香的汤喝下，哎呀！再来一碗！

如皋黑塌菜历史悠久，早在千年以前，就是上至帝王将相、下至普通百姓，人皆喜食的时鲜菜蔬。自清乾隆年间，县志就有记载："冬后经霜更酥软。""四月收子榨油，香美不亚于麻油。"成为永载史册的名菜。

一方水土养育一方人，如皋 145 万人口，长寿老人达到 440 多位，居于全国县市之首，黑塌菜功不可没。黑塌菜富含大量膳食纤维，易消化，又含有大量维生素 C、钙、人体必需的矿物质等营养元素，让它成了家乡如皋长寿的名片，更为游子的思乡情添上浓墨重彩的一笔，萦绕在舌尖上，镌刻在记忆中，纵然山珍海味，也抵不过这一份菜香。

"卖黑塌菜哎——"

看官，你可来上几棵？

母亲的白萝卜

母亲有点不好意思，说去年白萝卜长多了，今年少种了些。不料弟弟天天在田头盯着，一有土裂便拔，鸡蛋大剥了皮就吃，所以总不见长。想着我爱吃，又开辟出一方田地，撒了种，终究因为天冷了，长势慢，只怕要到年前成熟。

我看着弟弟笑：“什么时候也爱吃白萝卜了？”

弟弟挠挠头：“还不是看你吃得香！还真好吃，水足，甜，比苹果好吃。你别听老娘夸张，哪能吃光了，给你留着呢！”便下地去找。

我爱吃自家地里长的白萝卜，一来确实汁多且甜，二来喜欢看母亲乐滋滋的样子，很享受。

九月里回老家时田里还是萝卜苗儿，两瓣嫩芽在疙瘩土里鲜嫩着，我左蹲右侧，拍出来的照片真是好看，入了画儿一样的。后来，萝卜苗便在我一次次回乡的注视中渐长渐大，长成了菜的模样。十月份时，萝卜叶蓬蓬勃勃很是旺盛，风一吹便起了涌浪。忍不住拔起一棵，只长了手指头大小的萝卜。

时光荏苒，又是一个月过去，我再回老家的时候就发现萝卜地里土咧了嘴，露出白白的萝卜来，煞是诱人。

村子里有老人讲，在月圆之夜长出的白萝卜最是圆，因为萝卜仙子太喜欢圆圆的月亮了，于是按照月亮的样子给新生的萝卜娃娃们塑形美白。经过月华的洗礼，露水的浸润，白萝卜就有了灵气，越发水灵圆实。虽说是一个美好的传说，再看白萝卜时，总觉得哪里不一样了。

白萝卜的根须直直的，由粗到细，母亲总会挑根须细的给我们，以前不明白，后来一尝，的确，味道就是不一样，更脆更甜，水分更足。常有调皮的娃会扯了萝卜上面密密的小根须，用胶带粘在下巴上，充起老人在小伙伴面前招摇，逗得众人大笑。

弟弟拎来一大把白萝卜，圆溜溜的，留了一截短叶，据说可以放久一些。我迫不及待地洗了一只，十字形切两刀，便啃咬了起来。如皋萝卜咯嘣脆，嚓嚓嚓，白萝卜把积蓄数月的甘美统统爆发出来了，真是无上的美味，淡淡的萝卜辣混着水蜜蜜的甜在唇齿之间弥漫。“如皋萝卜赛雪梨”，是这样的呢，不仅有雪梨的脆甜，若有还无的辛辣更爽口怡人。

萝卜的吃法也是一门不浅的学问，生吃，脆甜可口；加糖醋凉拌，酸甜开胃；炖汤，吸了肉汁的香，益发的醇厚酥软。腌制过的如皋萝卜皮，如皋萝卜条，远比涪陵榨菜下饭。当然，我最爱生吃，原汁原味。

小时候并不喜欢吃，因为萝卜下气，吃了会放萝卜屁，怕小伙伴笑。什么时候开始喜欢上的呢？印象很深的，几岁的光景，也不知是着凉了还是吃撑了，胃里胀得厉害，难受至极，想吐又吐不出，母亲从自家地里拔了两棵白萝卜来，洗了洗，嘱我吃下。果然，很快胃就顺了。

后来在咳嗽流鼻血时也被母亲嘱了吃，更不必说唇舌火燥，伤风感冒，比吃药还灵。“冬吃萝卜夏吃姜，不要医生开药方”“萝卜上市，郎中下市”，当地的这些俗语娃娃都懂的，据说白萝卜还抗癌呢，不知真假。不过吃它，准没错。

据史料记载，名闻遐迩的“赛雪梨”——如皋的白萝卜，是由定慧禅寺的和尚引进种植的，自食有余后馈赠施主，并作为贡品进献朝廷，使之名声大振。无论你是平民百姓还是达官贵爵，只要有人到家乡来，萝卜都是招待嘉宾的上品。经常有外地的朋友会差人前来邮购。如皋萝卜条每年在国际上售出成千上万吨，给如皋人带来了长长久久的福祉……

父亲的树

姐发来信息，问个回老家，我回一“不”字，心有戚戚焉。老家的田野春的信息应该已经很浓了吧？那些枝枝丫丫可曾爆了新芽？那些桃李可曾长了细细碎碎的花蕾？也许只等一场春雨，就会引来蜂蝶轰轰烈烈了。

居住乡野，四季分明，又将有大把的春天可以陪伴和挥霍，我却不想去。

前次还家，伯父带我们去点纸钱给守在旧宅地的父亲，他指着一棵一棵的银杏树给我看："这是你嘎爷（读涯）栽的，都这么高了，以前很值钱的。"那些直指苍穹的枝枝丫丫，苍然孑立。我轻声说："别卖，留着吧！"那一瞬，突然忆起父亲蹲身老树边剪下一根一根的新枝，再一截一截剪成段的情景。记忆里，父亲的话不多，我和父亲的对话更是少之又少，从小到大加起来恐怕都没有他生病住院的那段辰光我们父女说的话多。我就那样站在一边静静看他熟练地一截一截把银杏枝剪落进小竹篮，再一根根埋进地里。不曾想，一截截的新枝插扦成如此高大的树了，那一刻，泪流满面。

最近不知怎么了，每次回去，看着一声不吭站在相框里的父亲总会流泪，所有的念想，都欲罢不能。可能母亲总说父亲十年，要操办一下。

虽是春风暖面，却心意枯槁，心思如河边一排排的柳，迷迷的。

年前年后整日价打牌吃饭，不觉日子，心绪难得的平静，瞅一眼条台上的父亲，猜不透他在想什么。虽然心会钝钝地痛，也懒懒地不愿多想。年假临了，那天走在乡野刻录我成长的所有地界，风很大，天很阴，把自己包裹得严严实实，站在父亲的小塔前很久，望着周遭那一圈银杏树，灰白着，不说话。一枝一杈，落满回忆。情绪不经意间从心门溜出来，似乎想了许多心事，和父亲说了许多话，想着喝了“孟婆汤”的父亲可能什么都听不见，什么都不记得了。再一次明白，你真的没有足够的力量将所有的人事推远忘怀。

父亲辞世，我并未能做最后的告别。那天，当我赶到时，他就那样静静地睡着，成了永远。我流不下一滴泪，胸腔里某一处被生生地掏空了。

父亲在照片里一直笑，一直笑，10 年了，那温暖的眼光一直静静地看着我们，从来不曾改变过，那该是有多么深沉的爱和不舍啊！什么素心如简，什么安之若素，什么我已淡然。原来“淡然”这个词儿，你真不能当真。更多的时候，我凭感觉活着，只许文字和爱靠近身旁。

父亲百年，我尚记得，再过百年，有谁还会记得呢？纵是无人记得，我想，这些树一定会记得，记得曾经来过这个世界，并且和这个世界相爱也相杀过的我们。

所以，留着吧，父亲栽的树。

空间有友在说 ：“相信生命有轮回，世界永远不枯萎。”幻想着父亲那个世界是另一个人间，有温暖光临，也有春天，花正红，柳正绿。唯愿此时，他正看着我，彼此道一声 ：好好儿的，要幸福！

中秋三记

供　月

我不明白为什么记忆中的自己总是一副很贪吃的小模样，小手放在唇边，眨巴眨巴眼睛。或者就是一副被魔化了的画面，画面中的小姑娘，无不透着欢乐和率真——这是我的一位老师说的话。

好吧，一扯就扯远了，我今天只想说说中秋。

敬月神，吃月饼。

中秋节这天，我们似乎一直在等着天黑。月亮爬起来的时候，母亲照例用洗了又洗的大脸盆盛一家伙水花生，还有毛芋头，放到桌子中央。月光婆娑，苇影摇晃，此时的我们，欢天喜地地围坐在院子里，看长辈们兴致勃勃地聊着家长里短，面前的花生壳儿和芋头皮越堆越高，却无心加入，只是时不时拿眼瞟瞟月亮，希望它升得快点，再快点。

月亮升至中天的时候，父亲就会在院子里放上一张名副其实的小方桌儿，摆上三块月饼，三个苹果，三袋糖果，还有香炉，里面擎着三炷香。父亲会很虔诚地点上香，缓缓举起，庄严而又慎重，朝着月亮拜几下，嘴巴里还在呢呢喃喃，大意是在请月神下来吃月饼吧，然后恭恭敬敬地插到香炉里。看袅袅青烟向上蒸腾，在月亮的清辉里散逸，周围的一切都似乎香了起来，那是月饼的香味吧！我们无心欣赏沐浴在月光下的万物，眼巴巴地望着小方桌上的月饼，期待月神吃快点，好轮到我们。

父亲一声“来吃月饼吧”，宛如天籁，我们每个人拿了一块月饼，手忙脚乱地拆开沁着油渍的包装纸，迫不及待而又小心翼翼掰下一小块，放进嘴里，嚼嚼，让香气慢慢浸润唇舌，然后蚕吃桑叶一样，一点一点将月饼咬成月牙形。彼时的月饼只有五仁的，说是五仁，真数不到五种。红丝丝绿丝丝儿又好看又好吃，南瓜仁儿格外脆，白糖格外甜，芝麻粒不多，细细品味的我们分明能吃出它的香，浸过油的面粉很酥，饼皮松脆，在我们眼里，实在是无上的美味。

仰望天空中的那一轮明月，边吃着月饼，边听奶奶讲故事，有时听母亲唱歌儿……那个时候我不会念李白的《静夜思》，也不会念《古朗月行》，很多时候，只会傻傻地盯着月亮，辨认着月桂树在哪里，小兔子躲在哪里，中秋给予我们的，没有离情别绪，没有感秋伤怀，有的只是月亮一样的丰盈，月饼一样的圆满。

摸　秋

月饼还在嘴里的时候，比我们大不几岁的叔叔就会神神秘秘地向我们招手，姐姐这样文静乖巧的女孩子是不屑于理他的，而我会赶紧咽下最后一块月饼，舔舔手，撒腿就冲过去。“摸秋”是中秋节这天的特赦，最得我们喜欢。几天前早就瞄好的香瓜，是我们的首选。虽说无所顾忌，我们仍然鬼鬼祟祟、神秘兮兮。

香瓜是零零散散长在韭菜地旁边的，有时会很幸运，摘到这么一两个，也有的时候一无所获，不知是被主人家提前摘了，还是被像我们一样摸秋的主儿捷足先登了。空手而归可不是我们的风格，顺手牵羊带点豇豆、丝瓜、茄子，或是大椒等其他东西是必须的。穿村走户，有时会跑很远，被人家的狗狗追得直号，“啊啊啊——”一路惊叫，“哈哈哈——”一路大笑……于是，第二天一大早，便听得主妇们在一起叫苦，有说南瓜没了的，有说鸡窝里的蛋没了的，无论有多心疼难过，倒也不骂，谁让祖先留下这个怪异的乡风农俗呢？只嗔一声：这些讨债鬼！而我们，则把头凑在一起，炫耀自己的杰作。在别人的羡慕声和自己羡慕别人的声音中规划着下一个摸秋。

在那个物资匮乏的年代，家家缺衣少食，中秋节虽然过得清贫，却满满的仪式感，家人团聚，那份虔诚祭月那份偷着别人家又警惕着自家田地的心情怕是这辈子再也不会有了。

听 蟹

那时乡下，河渠众多，每年中秋节，还有一样大乐事——听蟹。当然，你还得有一个会听蟹的父亲。

夜深，热闹了一天的乡村早就进入了深眠，四周静寂，只几声犬吠。父亲便会摇醒睡梦中的我们，提上煤油灯，带上一把手电一个布袋，衣冠整齐地出发。

此时凉风阵阵，秋虫声声，天上的明月紧紧相随，月亮虽大却连眼前的路都照不清，四野黑黝黝的，有蓝莹莹的火明明灭灭，乡下人叫它鬼火。我不自禁地打个寒战，加快步伐，跌跌撞撞地被父亲温暖的大手牵着，直奔乡野田间的野河——农人称之三级沟四级沟。

到了，到了，我们的脚步便会徐缓起来，生怕惊动螃蟹。至于深夜螃蟹为何会爬到堤岸之上，我一直不大清楚。有说是因为看到灯光，往灯光处聚集，有说是因为觅食，也有说是上岸交配的。总之，那时乡下，沟渠里螃蟹可不稀罕，下河摸螺一不小心就会踩着一个，把蟹煮熟了，做成馅儿包饺子吃常事。

父亲走在前面，他突然用手势止住我们，于是我们便会看到呆头呆脑的几只蟹，一边吐着泡泡一边瞪大两只棒槌一样的眼睛，傻乎乎地望着煤油灯晕黄的光。父亲上前，右手一伸，张开大拇指和食指，轻轻夹住一只，往我撑开的布袋里放。你以为能轻而易举地捉到就大错特错了，我学父亲的样子，张开双指，螃蟹非常敏捷地斜着身子横走两下就不见了，速度极快。这样的画面几乎定格在我的脑海中。

又是一年中秋至，看着奶奶家门前柿子树上挑着的绿果果，隐约忆起她挥舞长长的竹竿打下柿子的身影。明年父亲离开就整 10 年了，奶奶在他后面几个月……月华如水，眼前的一切都模糊了，似乎什么都没有变，又似乎什么都变了……

臭豆腐

在南通上学期间，一宿舍几个吃货，周末的时节，常常跑到长桥北往招商城去的转角处，吃臭豆腐。臭豆腐很臭，早在长桥的南端老远，那味道就像小时候惯常见的爆米花机，轰轰烈烈地把臭味儿炸得随风到处飘，空气中似乎就只剩下这个味道了。

记忆中老猫和熊猫特爱吃，会点好多，还会蘸好多好多的红辣椒酱和醋的混合液，一边满头满脸冒热气，一边大口大口地吃食，还会哧啦哧啦抽鼻了，熊猫不断地加红辣椒酱，老猫会夹许多的香菜。我吃不多，一块钱十块臭豆腐，十块我吃不掉，感觉自己只是吃两块最多五块。

臭豆腐方方正正的，也就普通香豆腐的四分之一大点儿，厚度只有二分之一，油炸的，一口大铁锅里的油汩汩地冒着泡，蛟龙戏黑潭一般，油基本是黑色的，很没有看相。一块块臭豆腐在油里翻上翻下折腾一会儿，开始膨胀，直至起泡，原本的灰白色渐渐变成土黄，便用大的捞篓捞起，搁置一会儿，一块一块地数着夹到碗里，嗞嗞冒着热气，得小心翼翼用牙咬开，热气直往外涌，吃得猛了，舌头就会不开心，疼。外脆里软，吃起来还行，没有一丝臭味。

长桥的臭豆腐我其实是不爱吃的。喜欢的只是大家伙儿一起吃的感觉。后来回到小城，听闻小城新皋桥东有一家卖臭豆腐的，很有名，口碑非常棒，每天下午三点开卖。于是某一天禁不住好奇便去了。臭豆腐摊子前排着长长的队伍，我正在慨叹来得不是时候，旁边的人就好心地告诉我，来买臭豆腐的人从来就没有少过。果然不久，后面就又拉起了一大长串。

趁这机会，我就认真地去看。卖臭豆腐的是一对中年夫妻，男人负责右边的锅，不停地把白中泛黑点儿的臭豆腐推进油锅里炸，一放一屉，用一把铁笊篱不断地搅拌，外皮儿起泡了之后就赶紧捞起来。炸过的臭豆腐有一部分被女人沿着锅沿小心地倒进左边的骨头汤锅里，盖上锅盖煮，有一部分被女人直接装盘，端给客人。女人手脚非常麻利，收钱装盘下锅全她一个人。

客人真的多，屋子里的几张方桌上坐满了，还有不少站着等，也有不少人是要了直接打包。我买了煮的，口感真心不错：松滑，软糯，外皮还有嚼头。骨头汤里撒点香菜和小葱，滴几滴香醋，挑极少量的红辣椒酱，哇，有滋有味儿，特别鲜美，感觉比南通的臭豆腐还要好吃。

临走的时候带了一份给豆子，后来娘儿俩似乎就上瘾了，隔几天就会去吃一碗，欲罢不能。大抵是晚上，晚饭都免得烧了。尤其是冬天，四周热气腾腾的，面前热乎乎的，边吃边喝，肠胃里一下子就暖和了起来。除了煮的，豆子还会点一份儿炸的，我忍不住也尝一两块，炸的臭豆腐的皮很脆，里面裹着的像豆腐脑儿，嫩嫩的软软的，脆中带酥，酥中带软，外焦里嫩，软玉温香，口感着实不错。

一开始一块钱十二块，后来一块钱十块，再后来一块钱八块，五块，四块……无论怎么涨，都是顾客盈门络绎不绝。生意实在太好，后来扩了店面，添加了人手，中年夫妻仍然管着锅上，收钱的，装盘的，收拾桌子的，都有了专人了。铁打的营盘流水的客，无论是衣着时髦的女郎，还是学生、老板、孩子、老人，各色人等，只要一坐上那长条凳儿，叉起那臭豆腐，眉头不知不觉就舒展了开来，一脸的满足。

虽然臭名扬，吃来满口香，痴心不改欲罢不能的，也不知道是冲着这臭味来的，还是冲着那香味来的。一句话，臭豆腐，就是那么香。

菊　念

车一晃而过，仍然看到一个花坛，里面有纷披的菊花，有紫色，有白色，开得恰是热闹。

本来这个季节里，见到菊是再正常不过的事情。可现时下，菊似乎越来越少了，住于新居后，甚少再有见到。

我喜欢菊，尤其在年少时候，乡下孩子，“前面一排竹篱笆，农舍茅屋一人家，三分菜圃三分田，又种菜来又种花……”饶是如此，那时那地儿，农家院儿里是极少长花的，所见到的花也极其有限，竹篱菜田能长几棵就是稀罕物，更多时候，你栽了也会被拔掉，因为要长菜。有限的几分地，一大摞子人，肯任着性子长花的实在不多。

我有幸栽花。

我有在自家院里的自留地里栽种过美人蕉、“海棠”（后来证明，是被串街走巷的花贩子骗了，可能是棘蒺)，长得最多的是菊花。

我已忘记初长的菊是父亲扦插的，还是我移栽的。因为有一次，我放学回家的当儿，大哭。美人蕉被挖得只剩两棵，菊全被割了，长了红果果的“海棠”根也被斩断了，父亲春天扦插的刚爆嫩叶的月季也被拔了，亏我天天看，望眼欲穿才看到一株成活泛青长红叶。母亲振振有词：“柳条长田里干吗呢？美人蕉长两棵不就够了？我留了一棵红一棵黄呢。

那海棠蓬头这么大，菜全窝（音）死了。菊花不还会爆新枝么？”父亲斜着眼瞅母亲，气得不着一言，我更是哭得上气不接下气，直哭得母亲讪讪地问：“海棠要不再栽下去？”我恨恨道：“根都没了。”

后来，我把美人蕉在屋后稀疏的几根竹边沿灌溉渠边长了一排，红的黄的很漂亮，长成了一道风景。“海棠”是直接扔了，月季再扦插还是没能活。只剩菊，在宅基地菜园的中央，一路浩浩荡荡，越长越密，到秋天时，依旧色彩鲜艳，异彩纷呈。紫色是极为丰富的，深浅不一，如锦似锻，白色的茶菊洁如飞雪，长丝丝的药菊白似素玉，最常见的黄菊朵朵饱满热烈，如涂金，似艳阳，顽强地在菜田里长了一年又一年，饱满了我整个的童年与少年。

后来菊是如何没了，我便不得而知，因为出外求学到工作，老家也搬了新址。

工作的好多年，每年深秋，我们都会乘着包的大巴一路欢歌，到花木大世界去参观菊展，各式的菊，各色的菊，常会引来一片又一片的惊叹，一整个下午，全泡在菊里了。归时，我的手里常会拎了至少 8 盆菊，颠啊颠地陈列于院墙外阔的进户道两侧，美了几天后，再连盆一起栽于有限的地里，看它在冷的风里枯败，看它在暖的春风里长出新的叶，又在来年秋天丰腴饱满，真是快活的时光啊！

似乎都成了记忆呢，突然念及菊，终于明白，父亲，远在天堂的父亲，沉默寡言的父亲，除却一次抽我，其他都是渗进骨子里的喜好，譬如读书，譬如养狗，譬如种花养草……

你还是我熟悉的样子

饭毕，众人兴致仍高，沿着筹备组的安排，去K歌。

一行众人，一公里的行程一致赞同步行，浩浩荡荡出发。

路很宽，两边霓虹闪烁，映着万千窗口的万家灯火，很美，也很陌生。20年，足可以改变很多，熟悉的城市不再熟悉，全成了陌生的街头。一边感慨唏嘘一边脚不停步，亦慢亦紧亦跟亦趋，过了红灯闪烁的十字路口，众人不约而同齐驻足：长桥！是的，长桥。再怎么华灯齐放，华彩熠熠，濠河不变，长桥依旧。

时间模糊了久远的记忆，众人对于长桥有未重建加宽有了疑义，最后不了了之。倒是站在不长的长桥上，忙着拍照，或拍长桥，或拍濠河景，或让自己和长桥留影。

长桥，你有记忆么？你记得这群孩子么？20年前，他们正当年轻，头上没有白发，脸上没有皱纹，肚子尚未发福，脸庞个个水灵。长桥，你记得么？他们嘻嘻哈哈的笑容，他们轻灵的身影，他们一次次在你的身上留下的印痕。你都记得么？

长桥静默。

长桥还是长桥呵，那两个字依然在桥中央方方正正，只是马路上密集的人潮不再，挨挨挤挤的麻辣烫再无踪影，那个馋了我们多少次的麻辣烫呀！夜市去了哪里？还有与你连在一起的四宜糕团店！几乎同时，许多声音呼起同一个名字：四宜糕团店！

那真是一个温暖的名字，5 年的时光，哪一次漫步南大街，哪一次不拐进长桥左首的四宜糕团店？五毛，一块，一块五，两块，一块温温糯糯的糕团，香了的岂止唇齿，整颗心似乎也安稳软糯了起来。尤记得一个冬天的夜晚，我傻傻地在冷清的街头转悠，最终跨进四宜糕团店，揣了两块糕，才满足地一路小跑回了校。

正当大家唏嘘四宜不在时，当地的同学用手一指：喏，还在。真的，还在，在灯光闪烁中的门牌高大威武，只是移到了长桥右首。

记忆便开始汩汩地泛滥：右手边，这里，曾有臭豆腐，老猫喜欢加了很多的香菜和着醋和辣椒吃，熊猫则蘸着很重的辣椒油，狐狸和许爱吃的是甜的豆腐干，而我，真的都不喜欢吃呢，又似乎什么都尝了尝。

这边曾经是叫长桥招商城么？那个来通的第一个秋天，我想买件风衣，一宿舍一窝蜂地涌入，大家伙儿一个劲儿地讨价还价，让我这个乡下丫头大开眼界：买衣服是可以还价的么？真的只要开价的三分之一啊……那件红色的风衣啊！

往前，左手边，费家扒鸡的门面还在呀！香了整条街的费家扒鸡，总是排着长长的队伍，一个宿舍曾经买了一只，18 还是 28？真的不记得了，只是后来的某一次，一只买了 100 多，却再没有吃出当年的香滋味儿呀！

……

就这样被旧日时光牵扯着，推搡着，跌跌撞撞地往前走。走着走着，那些灿烂的、鲜活的、明朗的、让人忍俊不禁的记忆，开始汩汩冒出，奔涌成一种“黄河之水天上来”的壮观。

往事如昨！

20 年后，我们，可否忆起今宵懒猫的一首又一首欢歌，可否忆起老杨饱满的逆生长？还有韦的出人意料的张扬，又或者杰歌的奔放？邓啊，岁月已在你的发上留了痕，万啊，我真的愣了半天才找到你当年依稀的影……

只是小英子（已于数年前离世），真的，小英子，原谅记忆的情不自禁，我总是不期然地想到你，你豆子般的小眼睛，你活泼的身影，长江边你攀岩时的好强，与三只小猪乒乓角逐挥舞间你的不甘……

岁月如流，20年弹指一挥间，眼角若隐若现的细纹，青丝间或多或少的霜染，时光之手已无情地抚过我们每一个，你还是我熟悉的样子，只是，多了，沧桑……

拔一把茅茅针

我想赖床，姐想去长寿园，去就去呗，反正闲着。

姐拍照有点走火入魔，她在某个地儿一站就是半天，我百无聊赖，在草坪上转悠，竟然有了重大的发现——茅茅针！是的，茅茅针，小的时候，每年春天，我们就会在沟渠上转悠，寻找茅茅针，这个我们乡下孩子吃了一春又一春的美味，散落在眼前稀疏的草坪里，实属稀罕，我已经几十年没有见过它们了。

循着童年的记忆，我快速蹲下身，认真选了一根。说选不是矫情，长老的茅茅针真心不好吃，味同草，其实它本来就是茅茅草的花苞，再过一些时日，顶部裂开，就会长成白色的绒绒的穗状花，长熟了，长圆的，类似狗尾巴草，要柔软精致很多，也要好看得多。这么说吧，在《诗经》里美了几千年的“蒹葭苍苍，白露为霜”中的“蒹葭”，虽然资料上都释解为苇花，在乡下长大的我，倒觉得那美的意境更像是这种开着花的茅茅草或是芒草，草花开遍的时候，白茫茫的一片，苇花哪有它们白它们柔，因为株身细且不高，自有一番与世无争的恬静宁馨，美得无与伦比。

眼前的这根茅茅针长度不过一拃，头儿尖尖的，中间略略鼓起，好吃的就是中间那不足一寸的微凸。我有点担心它已经老了，因为包裹着的最初的绿色外衣已经泛红了，像一杆蓄势待发的标枪。指甲发挥作用，来不及一层层地剥开，一撕到底，从中间扣出白中泛着绿的玉质芽花，居然还能吃，不起渣，如记忆中的鲜美，甜津津的味道在舌尖舞蹈。忍不住又选了一根……

姐恰好过来了，她一边拍下我吃“草”的照片，一边取笑我，她竟然连茅茅针都没有吃过，真不知道她的童年怎么度过的？也配叫乡下孩子？我颇有些同情地望着她，好在她全然不自知。

突然想起小时候住过的茅草屋，倘若那茅草就是这茅草，这小小的遍地野生的植物，不仅是好看，也是功不可没了。其实就算那搭茅草屋的不是它，羊是吃它的，鸡鸭鹅也是吃它的，无论怎样满目疮痍，就算是被啄光了，只要有根就能长，有风云雨水就滋润。这些自生自灭的小家伙，即使不起眼，总是令人钦佩的。

今日小满

2018 年 5 月 21 日，星期一，戊戌年四月初七，今日小满。

居处城市的边缘，接近乡村，四季也变得分明。早就醒在床上，任性地闭眼，听着各色鸟雀长腔短调，吹拉弹唱，布谷鸟高呼两声“麦好割告，麦好割告”飘过窗口又奔向远方，它已忽悠了近两个星期。乡下长大的我，深知麦粒开始灌浆饱满，但要在布谷鸟忽悠一个月之后才真的好收割呢。

看书一时有余，从床上爬起的瞬间，透过西窗，原本有些疲累的双眼，一下子豁亮：一只鸽子！两只圆溜溜的小眼珠一定以同样的表情瞪着我吧！生怕惊扰它，却移不开视线，好漂亮的鸽子，撇开那两只豆豆一样的亮眼珠，最撩人的就是脖子上的项圈吧？我仔细瞧了又瞧，才发现是天然生成的。又有一只飞来，几乎来不及听一下同伴的言说，扔下叼来的树枝，转身飞走。其间，窝里的鸽子一直瞪着圆溜溜的眼珠一眨不眨地望我。有念头一闪：这可是我的家呀，我居室的窗台呀，是我惊扰了你呢，鸽子，还是你惊扰了我？突然一愣，这鸽子与我，我们，要做邻居了吗？

拍了两张片片发在空间，立即有人留言：喜兆头啊！明知不是喜鹊，笑意依然盈上眉梢嘴角，忍不住想起村上春树用的一个词儿，小确幸。

小满是不是意味着小确幸呢？小幸运小欢喜哈。披衣下床，到田头阡陌去走走吧！

风是和暖的，阳光还算温润。小区里不多的枇杷树挂着青的黄的果儿，桃儿杏儿全躲在绿叶丛中朝你眨眼睛。石榴开得火烈，草坪里小路边的一年蓬开得热热闹闹。白桦树的叶子在风中沙拉拉响，是在迎接小满，还是在欢迎我呢？

天空很蓝，云朵很白，田野很安详，一切都是那么静寂而美好。静寂之中，满是丰盈。草在长它的叶，花在开它的花，果在挂它的果。路边的蚕豆荚很是饱满，青蚕豆正当季。红萝卜把花开成了绣球样，它的香气息是带着脂粉味儿的，纵情地送入我的鼻孔，菟丝花小心翼翼地藏在中间，做着浅粉的少女梦，蜜蜂和蝴蝶在其间穿梭忙碌。

那饱满的包菜长成大花样，就等盘棵。西瓜藤带着小小小的瓜瓜爬到大棚外面，好心地提醒着我它的身份，无数的小黄花对着我笑，小小瓜瓜们长成西瓜糖的俏模样儿。玉米分着批儿地成长，有的不足一尺，娇憨地在风中舞蹈，有的已经半人多高，举着大刀向我示好。狗尾巴草不失时机地站在中间，提醒着我童年的记忆——挑猪草。有农民在田间收割。热闹了好一阵的油菜花，又用了两个星期的时间沉默，终于在弯腰驼背一周后，护着它的娃娃——油菜籽儿，周全卸车。一切都是那么蓬蓬勃勃，满溢着生命的茁壮与丰收的豁达。

我走了很多的路，去农田里看麦子。“小满小满，麦粒渐满。”此时的麦田，如丰盈的少妇一般，风姿绰约，韵味儿无穷。一眼望去，成片的麦田海洋一般，李健的《风吹麦浪》不期然跳将出来：远处蔚蓝天空下 / 涌动着金色的麦浪 / 就在那里曾是你和我 / 爱过的地方 / 当微风带着收获的味道 / 吹向我脸庞……虽然写的是一种怀念，是记忆里的温馨，是秋收，但望着眼前前赴后继涌浪一般滚向天际的麦田，一种最干净最美好的感觉也如微风细浪般把我轻轻包裹住了。

麦田丰盈，麦穗饱满，我忍不住掐下一枝，用力揉揉搓搓，再轻轻一吹，一小撮黄中带绿的麦粒就静静地落在了掌心。牙齿轻嗑，仍有汁酱，甜中带着清香，当然还有一股青涩味。忍不住想起小时候，大把大把的青麦粒放入嘴中拼命嚼，嚼到满嘴白汁液，吐掉，再嚼；嚼了，再吐……如此不厌其烦地重复多次，自制的口香糖便应运而生，吐出来的泡泡能把整张小小的脸给遮住……

徜徉于田间垄上，任阵阵麦香沁入心脾，小小的满足与快乐溢满胸腔，小满的含义便在视野里延展——满怀期待，丰收在即。期待总是最美好的，连带过程也充满了难以言表的精彩，即使艰涩，总在一天天走向饱满，走向成熟。就如女人生娃，无论过程有多艰辛，落地时那一刻的悸动与幸福总是满怀期待，无可比拟。

“门前无边青麦，有鸟风中徘徊。此心念念在远，墙头石榴花开。”多么的浑然与朴素。今日小满，万物欣欣然蓬勃着，萌动着希望。让我们和着这个充满诗意的节气，一起守候即将到来的丰收与美好吧！

冬安，枝头蜡梅暗香

陆游说：忽吹微雨过，便觉小寒生。今日小寒，微雨，雨丝细密，在雨中跑了一程，确有寒意，微寒。不是“小寒已近手难舒，终日掩门深闭庐”的寒，也不是“小寒胜大寒，常见不稀罕”的寒，这个“虽曰小，实为最”“一年中最冷的节气”，今儿个，一点儿也不冷。

和友追忆小时候天寒地冻，冰天雪地，小手红肿，鼻头通红的过往，却真的寻不着来时路，就算是前年罕见的零下十几度都逮不着那份寒冷，所以这时我才看清那个无情的叫作时间的家伙，把数字和感觉隔得老远。

望着眼前有点缠绵的雨丝，想着空间里蜡梅早已端坐枝头，便想去老家转转了。老家杂草丛生的绿化带和小土坡上植了很多的蜡梅树，每年这个季节，疏影横斜，暗香浮动。

也许我是个身随心动的人吧，在某个时刻，某个节点就会突然穿城而过，去会会那些无法带走的花花草草和记忆。

旧居严格说是城乡接合部，充满乡土气息，路边野蛮地长着四处分杈的杂树，我总能在其间找到曾经最好最初的味道——天然和纯朴。

四周是静谧安详的，如同那条从小区后面穿过的小河一样静寂。檐下枝头的小鸟也是安静的，好奇地望望我，又慢慢梳理自己的羽毛。惯常在楼道嘶吼的风，也在这个早晨屏住了它的呼吸。一条大黑狗突然窜出来，并没有吠叫，只是习惯性地翘起一条腿，肆无忌惮地对着墙角撒尿。整个小区，甚至整个世界都沉浸在水色空蒙之中，书写着宁静祥和。

我不知道打我离开后，荒芜的杂草丛中还有没有人在里面曲曲折折穿行，无人打搅的巧砖上长出深幽的青苔，一片枯黄的叶在视线中沉默，就像一只拢了双翅的蝴蝶，静静地睡了。

蜡梅开得正好，圆圆的瓣瓣晶莹，流转着玉的质地与华光；椭圆的依旧香得最烈，像藏在深巷的老酒；黄夹紫的依旧单薄，兀自开成自己喜欢的模样……开的半开的，所有的花儿都达成一种默契，温柔地静立枝头，娴雅地倾听着风的呼吸和雨的心跳……

住在车库的老奶奶出来了，像每一个我下班遇到时一样和我打个招呼：回来啦！我也像以往每一次一样：嗯！然后老人又是熟悉的那句：好的！老爷爷在锯生炉的柴火，我扬声和他打招呼，他放下手中的活计，憨厚一笑：来啦！我答：是呢！不多话的他又加了一句：常来！我应道：好！

景还是那些熟悉的景，人还是那样朴实的人，一个微笑，一声招呼，都是温暖，在容易满足的心里都弥足珍贵。在时光的推移里，藏了岁月的味道，在温情的眸中，落满简约，使人心安。

腊八说腊八

今天是农历十二月初八，俗称“腊八”。从昨天开始，浓浓的粥香就在朋友圈儿里飘了，溢满香气和爱意。最让我感动的是法华寺的善举，一碗碗热乎乎的腊八粥相继送到了养老院、残疾人和孤寡老人手上。今天早上，环卫工人也接过了一碗碗热气腾腾的粥，这份特别的关爱，让这个寒风凛冽的冬天格外温暖。今天，举国上下，家家户户皆食腊八粥，不少寺院不仅在寺庙门口布施腊八粥，还在一些市民晨练的广场奉粥。等着拿粥的人排成长龙。人们现在的条件已经是非常好了，为啥还会有那么多人排起长队，且对腊八粥津津乐道呢？一是食材好，确实好吃，暖心暖胃，更可以看出现代人越来越重视传统节日文化的传承。且庵堂寺庙的粥包含济世的慈悲，领粥是一件可以沾福气的事，还可以为家人祈福。

据说腊八粥源于元末明初，当年朱元璋落难在牢监里受苦时，正值寒天，又冷又饿的朱元璋竟然从监牢的老鼠洞刨出红豆、大米、红枣等七八种五谷杂粮，便把这些东西熬成了粥，美美地享受了一顿。后来朱元璋平定天下，做了皇帝，为了纪念在监牢中那个特殊的日子，便把这一天定为腊八节，把自己那天吃的杂粮粥正式命名为腊八粥。一碗粥若与皇帝的苦难经历沾了边，且由皇上钦定，这意义当然不同凡响。

有史可查的第二个传说：佛教的创始者释迦牟尼本是古印度北部迦毗罗卫国（今尼泊尔境内）净饭王的儿子，他见众生受生老病死等痛苦折磨，又不满当时婆罗门的神权统治，舍弃王位，出家修道。初无收获，后经6年苦行，于腊月八日，在菩提树下悟道成佛。在这6年苦行中，每日仅食一麻一米。后人不忘他所受的苦难，于每年腊月初八吃粥以做纪念。“腊八”就成了“佛祖成道纪念日”。“腊八”是佛教的盛大节日。各地佛寺做浴佛会，举行诵经，并效仿释迦牟尼成道前，牧女献乳糜的传说故事，用香谷、果实等煮粥供佛，称“腊八粥”。并将腊八粥赠送给门徒及善男信女们，以后便在民间相沿成俗。传说吃了以后可以得到佛祖的保佑，所以穷人把它叫作“佛粥”。这应该是传说最广最为人们所接受的，腊八粥与佛教结缘，寓示功德无量，当然非比寻常。

腊八节的传说还有很多，有“赤豆打鬼”的传说，是在腊月初八这一天以红小豆、赤小豆熬粥，以祛疫迎祥。这个传说与养生接轨，冬季吃一碗热气腾腾的腊八粥，既可口又有营养，确实能增福添寿。

有说腊八节是人们对忠臣岳飞的怀念。当年，岳飞率部抗金，岳家军饱餐了一顿百姓送的“千家粥”，结果大胜而归。腊八粥与文人将士挂上钩，表达的就是人们对一种精神的祭奠与传承了。还有比较凄惨的一种说法，说秦始皇修建长城，有一年腊月初八，无粮吃的民工们合伙积了几把五谷杂粮，放在锅里熬成稀粥，每人喝了一碗，最后还是饿死在长城下。人们每年腊月初八吃“腊八粥”，以资纪念。当然民间还有“吃顿杂合粥，教训记心头。”教育懒惰的人要养成勤俭持家的好品质，否则就要靠别人救济了。

打我有记忆起，每年腊八是一定要喝腊八粥的。腊八粥有甜有咸，甜的走的是八宝粥的路线，这在小城人家腊八这天不常见，反倒在平常会煮了给自家娃吃，吃惯了山珍海味的娃娃，嘴很刁，很少有喜欢吃寡淡的粥的，更不用说如皋的长寿粥玉米糁了，反倒是八宝粥，冰糖唱主角，加上红小豆、赤豆、黑米、黑豆、芸豆、花生、薏米、莲子、银耳……颜色好，内容丰富，养血补气，营养全面，还能抓住娃娃的舌和胃，家里有老人的，便常煮。

惯常见的腊八粥是咸的，食材范围较广，地里长的，家里有的，可以放的全上。豆类当然不能缺席，花生芋头必备，大米玉米糁掺一点，蔬菜也会来客串一下。腊月初七的晚上，奶奶妈妈们便着手准备腊八粥的食材，反正杂七杂八的全凭她们自由发挥，到腊八的中午，一大锅花花绿绿的腊八粥便盛放在了家家户户的桌子上，也真是奇了怪了，这样的粥特别香，饶是几岁的孩子，一斤装的蓝边大碗两碗下肚是轻飘飘的。

大了一点后，我们开始挑刺，捧着腊八粥和母亲较真："腊八粥要有八种材料，你这粥里芋头花生大豆豌豆扁豆芸豆明明只有六种，怎么也叫腊八粥？"母亲一边大口大口喝粥，一边瞪眼狡猾地笑："大米算不算？黄芽菜、塘儿菜算不算？"我瞠目结舌地看她眉飞色舞，"还有水盐油味精，还不止八样呢。"

腊八粥的香味已经在小城的上空弥漫，一碗暖暖的腊八粥盛上桌的那一刻，暖了每一个人的胃，抓住了每一个人的心！腊八一过，家家户户就要开始着手腌制香肠腊肉了，只有过了腊八，腌制品才真的有腊香。年味儿，渐渐弥漫，年，也就来了。

除夕记

中国传统习俗里，除夕是腊月的最后一天，这一天也就是我们惯常说的过年，过了今天，过去的一年画上句号，新的一年拉开帷幕。作为中国传统节日之一，这一天的热闹繁杂堪称之最，没有其一。回忆如帛，在此刻展开——

作为农历全年的最后一个晚上，除夕与春节（正月初一）紧密相连。“辞旧迎新”，有旧岁至此而除，来年另换新岁的意思。因此，这一天所有的活动都以除旧布新，消灾祈福为中心。所有过年的各种准备活动都要在这天完成。

一大早，家家户户皆忙忙碌碌。母亲们开始在灶头忙着烧煮，准备午饭。孩子们则和父亲一起清扫庭舍，俗称“掸尘”，用连竹叶的竹枝高高举起，连同高处的房梁椽子屋顶到处清扫抹净，所有旧物什上都能泛出陈年的幽深光泽，亮可鉴人。

打扫完毕，接过母亲用面粉自制的糨糊，便开始张罗贴春联年画喜笺和福字。春联，也叫“门对子”“对联”“对子”，内容多为赞美春天和祈愿平安丰收。如“梅开春烂漫，竹报岁平安”“人顺家和万事兴，富贵平安福满堂”等。“五谷丰登六畜兴旺”则是贴在猪舍门上，给人以精神，给人以力量，给人以希望。年画，和春联一样，起源于“门神”。又不局限于门神，寄托着人们最简单最朴素的愿望：花开富贵，年年有余，添福添寿。大红的牡丹，骑鲤鱼的胖娃娃，松鹤老寿星……似乎贴着了，心便安了。喜笺贴在门楣上，福字倒贴在米柜上，将节日装点得一派喜庆，富丽红火，就这样贴着贴着，心也就燃烧了起来，一切都似乎有了盼头。

小时候我还看到父亲在猪圈、鸡笼等地方及犁、耙、锄等农具上贴祭菩萨时的黄色纸符，说是压岁钱，以此预兆来年五谷丰登，财源兴旺。

将家里里里外外打扫装点完毕，父亲便在米柜正中，中堂下方，摆上年糕、馒头、水果等三个三，燃上三支香，供奉祭祀菩萨，祈愿菩萨保佑，风调雨顺。

这边项打扫完毕，那边项饭菜也已烧好，接下来最最重大的事情就是迎接祖宗回家过年。对于祖先的祭拜，不仅是孝道的重要标志，也是尊老敬老的美德。既是告慰祖先，也寄托对先人的感恩与思念。丰厚的饭菜端上桌，点上蜡烛，男男女女老老少少一个个都会虔诚地行磕头大礼。祖宗享用完毕，桌子一转，重置饭菜，大家才可以正式开吃。其他的菜可以随便，豆腐是必须上的，音同“头富”，鱼这道菜是不能吃完的，因为在汉语中“鱼”和“余”同音，意指“年年有余”。

午饭过后，父母会领着一众老小去祖坟上祭拜，“上坟请祖上大供”，带上各种冥衣酒食祭品，点燃香纸蜡烛。尤其是回家的女儿女婿，他们一来是表孝心——送年礼，大鱼大肉的往家里拎。二来必须到坟头去叩拜，虽说农村有“嫁出去的女儿泼出去的水”的说法，终归不能忘本。

不知不觉落日的余晖从树梢的枝头散逸至天边，所有的人都赶着回家，哪怕是远在千里之外的。过年，讲的就是合家团圆的欢乐，全家老少围桌而坐，吃的是团圆饭（年夜饭），一家人说说笑笑，享受的是浓浓的亲情。家家户户往往会提前一至两天来精心准备年夜饭。把所有能吃的好吃的都捧上桌，中午的午饭可以晚点，年夜饭则要尽可能地早。据说，谁家在过年时吃年夜饭越早，越能够在来年里吉祥如意。很多人家会包饺子，因为水饺状似金元宝，有富贵之意。还会在饺子里面夹硬币，谁能吃到这个饺子，就昭示着来年好运连连。

晚饭过后，妈妈们大多忙着今年的最后一拨儿的打扫。正月初一是不能劳作的，否则会一年忙到头。忌动扫帚，说是会扫走运气、破财。因此大年三十的晚上，午夜的钟声敲响之前，里里外外必须再次清扫，直到纤尘不染。

除夕自古就有通宵不眠、守岁的习俗。早在西晋《风土记》中就有明确记载："终夜不眠，以待天明曰守岁。"传说守岁是为了防止一种独角兽的侵害，而这种独角兽最怕火光、红色和声响，所以人们就在除夕夜穿红衣、点红灯、贴红纸、放烟花爆竹，焚香祈祷，彻夜不眠。《帝京岁时纪胜》记载："高烧银烛，畅饮松醪，坐以达旦，名曰守岁，以兆延年。"据传，年长者守岁为"辞旧岁"，有珍爱光阴的意思；年轻人守岁是为延长父母寿命。守岁的习俗流传至今，经久不息。

对孩子们来说，最最开心的是拿压岁钱。因为要等到夜里12点，所以大都睁大眼睛撑着，熬不住了，就偷偷玩刮炮，吓吓别人也醒醒自己。大人们则会围坐在一起唠嗑儿，或者打牌，或者看跨年联欢晚会。12点的钟声敲响，世界各地华人华侨高声齐呼"过年喽！"四周则立即响起此起彼伏的鞭炮声，破旧迎新，烟火四射，映亮整个天空。欢欢喜喜、和和气气、团团圆圆，是除夕夜的最大主题。孩子们则拿上红纸包着的压岁钱或一张张百元红钞，讨个红红火火的好彩头。

"爆竹声中一岁除，春风送暖入屠苏。千门万户曈曈日，总把新桃换旧符。"过年啰!

第四辑

轻轻告诉你

你知道假如没有他们，我们依然可以完成自己的事情，
但那段过程要辛苦很多，伴随辛苦的还有坏心情，
我也就不可能像现在这样气定神闲地心平气和地写下这几个字。

大　条

大条是个能抖点小机灵、玩点小智谋、耍点小性子的老男孩儿。他年轻时在广阔天地舞过钉耙；在三尺讲台舞过教鞭；壮年时舞过文，到老年又弄起墨。写的、画的好丑不管，自娱为主。他说主要是磨个耐性。一幅骏马图，他能临摹八遍，初始满意。将他归于“长袖善舞”一类似不为过。

此外大条还有两大嗜好：一是看电视。除却宫斗剧和自认没营养的，啥都看得津津有味。其状堪比童稚，目不挪移，神不二用，其憨态万笔不可描摹其一。用他的话说，这是连接他和世界的窗口，那怎么才叫“秀才不出门全知天下事”呢。二是喝酒。有朋相聚则举盅豪饮，不矫饰，不做假，宁伤身体，不伤感情。大条又很自律，一人不喝酒，无友不碰杯。可见大条嗜酒是假，嗜友是真。

大条性格爽朗，为人通达，也很健谈，常常妙语连珠。可别看他平时一副笑弥勒的大度样，却有一套“小肚鸡肠”的底线规矩，谁要是歹歹触碰，即被删除拉黑，老死不相往来。活得挺任性，也活得挺认真的。所以他“好友”轻易不加，“朋友圈”轻易不进。真认可的朋友有个算个。

大条多艺，一个大老爷儿们却热衷于下厨。请个三五好友亲朋，从不上饭店，自己闷头买、汰、烧，忙得浑身是劲，还得陪人喝酒。别的不图，只图个食客席间或拍拍屁股走路时夸一声“手艺不丑”，便乐得眼睛弯弯的。大条的厨艺，据传源自手抄食谱一本。当知青时无书可看，偶得菜谱一本，竟读得如痴如醉，于是手抄全本，留待后用。后续大餐厅小饭馆街头大排档皆可偷艺，更不必说《舌尖上的中国》等电视节目，让他看得两眼泛光，手痒难当，其厨艺终于日增月长，人又好客，于是常获好评。大条还会踏缝纫机，裁剪服装。帮孙儿做的唐装，布料颜色尺寸设计制作无一不正点。家里装修贴墙纸，做美缝，打个壁橱，吊个小顶，全弄得像模像样。匠人师傅见了直呼：“木匠在哭告”。当然在哭的还有“理发的”。帮人理发、烫发、染发自是熟门熟路，了不起的他还能自理发，虽然后脑勺有时理得像猪啃过似的，但他乐观地坚信“长几天就好了”。

大条多才。大学同学聚，高中同学聚，腹稿都不带打的，主持大局，俏语妙言，七十二泉一般往外涌，头头是道，能把个聚会搞得高潮迭起，笑声不断。这边活动没结束，已是人人盼来年。大条的台上功夫可是从小练就的“童子功”。小时读的附小大学堂，读书不咋的，演戏倒显了些天分。此后初中、高中都上的“宣传班”，从校内演到校外，从城里演到农村，从会场演到机场。终于练就了“不怕人、不怕丑、不怯场”的一身功夫。后来凭了这“三不”在当农民、上大学、工作单位，都加分了不少。至少给人留下个能“惑事”会“来事”的印象。

认识大条纯属偶然。从半生不熟到透透烂熟也就是近几年的事。在“朋友圈”人人逢迎，个个恭维的应酬点赞的和谐氛围里，忽然蹦出个丁是丁、卯是卯的“黑包公”，横挑鼻子竖挑眼。大条的那些不顺眼、不附耳的点评有如“臭豆腐”，闻着臭，慢慢咂磨咂磨还真有些味道。于是言来语去，渐渐关系就定格在亦师亦友。大条那种举重若轻，洞透世事的处世态度，甚至些微地影响到我的“三观”。比如我自认为与人畜无害，云轻风淡，自足于三四好友，闲云野鹤，不理俗事。大条指出，这不是清高，这是鸵鸟式的躲避与懒惰，是写作者的大忌。

大条一日三餐定量定时，每天按时锻炼，生活颇有规律。“不爱自己的人，怎么有能力爱别人？”这是大条学舌的真心话。

秉承大条的教导，我要爱自己，多奉献，做有用的社会人！

秋　雨

他叫秋雨。

好友的一张照片，让我想写写他。

他匆匆赶来时我们已经开吃了。

他戴着眼镜儿，留着胡子，着一件黑色的汗衫，微微打了招呼，没有让我觉得特艺术，但是很硬朗很大叔范儿。

他是应一个朋友的邀请来为这场婚礼献唱的。没夹几筷子，他就上场了。

“华语原创歌手，唱作音乐人，央视星光大道评委，央视综艺频道《幸福账单》栏目组特邀嘉宾……”嗯，头衔再多没用的，关键是拿实力说话。因为之前那个女明星，我真的没有被惊艳到。

有那么一瞬，我被感动了——嗯，很敬业，很舞台范儿。一顶白底压花的鸭舌帽，一件白底的西装，蝴蝶和鲜花缀点着，衣袖和下摆花团锦簇，很喜庆。黑灰的牛仔裤对应着一团绣花。写到这里，我才发现，从上到下，配套的，极具舞台风采。往台子上一站，气场先出来了。

很快，他稳健大气的台风和热情奔放的歌声调动了全场的气氛，他先让大家伙儿起立，举杯，和他一起为新人祝福。接着一曲满满正能量的原创歌曲《做个男子汉》抓住了现场的每一位观众，打动了每一个人的心。很多已落座的宾客情不自禁地起立，打节拍，有人忍不住跑到台子上与他合影，拍照！

《如果感到幸福你就拍拍手》又将全场嗨到翻，几乎所有人都站了起来，像我这样在公众场合还比较拘谨文雅的也忍不住随着节拍或击掌或高歌——伴唱。《又是秋雨夜》让全场刹那阒寂……“歌路宽广，实力派唱将”，有见多识广的观众做出了中肯的评价。

歌唱演员有两种基本类型，一种外形甜美，歌声充满柔情蜜意，外表优于歌唱水平。另一种人随歌动，动作潇洒，韵味十足，或者说他只要往台子上一站，风度气质便压倒全场，成了台子上最耀眼的那盏灯。秋雨当属于第二种。他先前在台下，亲和，朴素，我没有觉出与常人有多迥异。一上台，哈，简直换了一个人，从着衣到台风，俊朗炫目，加之与大家有很多互动，真是嗨翻全场。一大厅的人，基本没人看手机聊天，连吃饭的动作似乎都没有了。好友现场抓拍的一张照片，一个小姑娘情不自禁地走到台子中央，一派天真，满眼热切……哈哈，若是成年人，那叫一个犯花痴。

一张照片，让我感慨，这种餐厅助兴比演唱会难，因为来自不同年龄不同层次不同水平的亲朋好友，歌唱只是一种点缀和辅助，更多的以举杯相邀，聊天吃饭为兴。像秋雨这样，一直保持热情洋溢状态，让台下所有宾客情绪高昂，爆发出阵阵掌声和应喝声的，且让一个懵懂小姑娘都为之倾倒的，必是有货有料且稀缺的。

小女孩满怀崇拜的眼神——用“求知若渴”来形容亦是不夸张的，这定定的眼神儿，让我想到了教师上课。表演也好，上课也好，那么多人看着你，如果你的表现不是那么芳香甜美，学生就会游走，哪还会有小姑娘那样痴迷的眼神。而你的任务就是要牢牢地吸引他们，让他们忘了自身，走向你。假如你不能动用自己全部的能量，把他们勾住，与他们互动，引发他们内心的需要，带动他们的情绪，激荡出新的思考，那你的课堂，真不叫成功。

心有多大，舞台就有多大。一次普通的婚宴，一位音乐人，一张小姑娘入迷的照片……秋雨，秋雨潇潇，秋雨梧桐叶落时，这名字，挺好听的。

舞　者

但凡晴天，沿着小区走个来回，一路有好几处跳广场舞的，节奏大抵明快，悠悠缓缓的不多。我也常会随了节奏，假装站在T型台上，扭！扭！扭！扭出个海阔天空凭鱼跃，扭出个万紫千红总是春！肚圆胸肥腰粗的大妈们当仁不让，肚腩上的肉直晃悠，那叫一个震撼。大姐们也不在少数，纤腰扭扭激情闪烁，那叫一个赏心悦目。少数几个大老爷们儿和娃娃旁边站着，妥妥地做了观众。

一回，我有幸目睹一位耄耋老人混迹小区中央的那一撮儿，和着音乐双脚不断地左右移动，双手悬在胸前，右手臂不时扬起，幅度较大，甩成不规则的圈圈儿，抢了我全部的注意力。

一次一次又一次，我实在是忍不住要向他表示敬意，除行注目礼外，努力凑近去瞧个仔细。老人皮肤黧黑，精瘦精瘦的，因为背部略弓，不显个儿，光光的脑门儿。是的，他肯定八十有余。

我喜欢这位跳广场舞的老人，“很沧桑很沧桑”的年纪，他跳得是这样的任性，这样的自我，这样的透彻。

很沧桑很沧桑吗？突然想起老姐说的话“我觉得我的心态和我以前一样，我在做很多事情的时候，没有感觉到自己的年纪。”那天，我们说起小时候，小时候总觉得日子太慢，盼望着长大。长到20岁就可以了，

20 岁就是很大很大的人，大到可以离开父母独闯天下了。那时的父母不过 30 岁左右，在我们眼里就是很具威严的大人，而 50 岁左右的爷爷奶奶，就是很老很老的。那时候的我们还不敢把 50 岁和自己联系起来。50 岁——天呐！年过半百，是多么可怕的事情啊！像鸟折了翅膀垂直下降的那个点，觉得那是人生的末日。

终于——终于——我就奔五了，终于——终于——姐就可以退休了，迈入了我们年轻时以为的很老很老的年纪！

老吗？

听到快节奏的音乐时，我仍然喜欢扭扭腰；同龄人出游时，我们仍然会赤着脚在小溪淌水里闹闹；背着双肩包，一路阳光，对着相机，粲然一笑。我的心和年轻时没有两样！好像步伐比年轻时还多了一份淡定和从容。

老去，是自然规律。某国际新闻组织的独家研究和报道称：人们对年老的看法与能否健康地步入老年相关。相比于对老年状态持消极态度的人，持乐观态度的人往往寿命更长，身体也更好。

“我还没来得及认真地年轻，但我想优雅地老去”，是的，一切与我想象中的中年、老年，就是不一样。返老还童不可能，但我们可以永远保持好奇，永保一份童心，永远对这个世界充满热爱。不管什么年龄，我们永远是地球妈妈的孩子。

眼前这位扭得浑然忘我的老人，总让我精神振奋。嗯嗯，人老了的传说，不过是世人眼里的，外观上的改变。

听，音箱里放的是《走进新时代》：总想对你倾诉，我对生活是多么热爱……眼前的这位老有所乐的舞者，在我们长寿之乡，至少能活一百岁。

轻轻告诉你

我只能写一段粗浅的文字，写在他们带给我的所有感动之后。

——写在前面

我很少见到一个人像他这样温和的，还没开口就在笑，是那种憨憨的笑。淡淡的，好像这笑容是与生俱来的，他在笑容就在。

大家都说他好，很少有这样众口一词说一个人好的。人人都说好的人，有。真的不多。抱养我母亲的外公就是一个。你打他门前经过，他都会大老远招呼，喊你过来喝口酒——生产队里，谁家有事找他准行，还会帮亡者超度，从不收钱，只要有口酒喝。

他就爱喝酒，常常喝得乐呵呵醉醺醺的，很有喜感，所以最后死在喝酒夜归的路上，没有人知道他什么时候去的，第二天早上才被人发现。去火化的路上，家家留茶人人叹息“好人啊！帮别人超度了一辈子，最后却这样离去。”却不知他此刻正在天上乐陶陶地蹒跚醒酒呢。

楼上的英语老师Mr.Lu也是，幽默风趣，学生都爱上他的课。你若有事找他，也会尽心尽力相助，口碑极好。外公和Mr.Lu同属那种有一颗极纯粹也极热情的赤子之心的人，他们的善良热忱，都是很有存在感的，像冬日暖阳，明媚温馨。他不是，经过他身边的时候，几乎是无声无息的，除了他那淡淡的纯粹的不大引人注意的笑容。

我到现在都搞不清，他在学校里到底是什么职务做什么的。一开始他在教导处印试卷啊，出通知啊什么的，好像什么都做，默默的老实巴交的样子。后来好像又到了总务处，打印机加墨啊，教室里电脑坏了找他，广播坏了找他，门窗坏了也找他。嗯，这样说吧，反正我们的任何一样教学设备任何一样设施有问题了，都在找他。要么他在修，要么他带人来修。他很少说话，就那样静静地看着你，听你说得唾沫四溅——你要知道一样教学设施突然停止工作，这对教师来说是多么糟糕的事情。他有时会问一句："在哪里？"或者是"什么坏了？"淡淡的不慌不忙的，好像从来都不会有脾气，会让焦躁的你突然就沉静了下来。是的，就像一拳头打在棉花上。他太平静了，从来就不曾看到他笑容之外的第二个表情。然后他就不声不响地开始动工，我觉得他的动作就是语言，他是用手说话的。时间久了，我们多少会把他归为打杂工的那一类。

那次我电脑坏了，在一个电脑高手的指导之下重装了程序，却不能用。又找到一个电脑高手，让我把电脑送过去，说这几天都非常忙，一个星期之后可以帮着修。我有些沮丧，因为急等着用呢！后来就有人建议我请他修，我有些迟疑——他只能小打小修吧，这可是要重装电脑程序，估计还比较复杂呢！

很巧的，那天上班的路上恰好遇到他了，我不抱希望的随口问了他：我的电脑坏了，可能要重装程序，你会吗？

他停下急匆匆的脚步，说道：后面有个活动，我现在要去布置，你急吗？我说：你没空就算了吧！他见我欲言又止的样子，说道：你把电脑送过来吧！这两天都比较忙，我晚上回家后试试，最早明天上午给你……那一刻修不修好不重要了，我感激涕零。

第二天上午他果然打电话让我去取，电脑开着，他一一说与我听，告知我是一个已经被淘汰的电脑了，内存小，要注意的事项。他怕我听不懂，一边说一边操作，帮我把非用不可的几个软件下载了一下，亲眼看着我用五笔打了几个字，才放心地关闭了程序。我无法说出内心的感激，只是连声道谢。

都说福无双至，祸不单行。没几天，我正忙着用移动硬盘修改文件时，却突然出了故障，怎么都打不开了，真是急坏了，里面可有我很多的心血哦！我自我安慰，电脑才修没多久，可能是电脑的问题。

第二天早上我几乎跑遍了楼上楼下几个办公室，把所有的电脑都试了，证明是移动硬盘出问题了。保险起见，Mr.Lu 非常仔细地帮我联系可以修补的地方，还从百度上查了具体的地址，一并发给我。我匆匆去寻找的当儿，另一个联系过的电脑高手打电话过来，让我找一个懂电脑的，按他的要求做。还真巧了，他恰好又在和一个师傅修教室里的广播和电脑，我局促不安地走到他的身边，把手机递给了他，他可能看出了我的焦灼，迟疑了一下，忙完手中的活计，便帮我在就近的办公室找了一台电脑卸卸接接，神了！好啦！

嗯嗯，我叫他单老师。

我只想轻轻地告诉你，遇到他们，我有多幸运。我只能写一段文字送给他们，不管他们是否看到。至少你看到了。你知道假如没有他们，我们依然可以完成自己的事情，但那段过程要辛苦很多，伴随辛苦的还有坏心情，我也就不可能像现在这样气定神闲地心平气和地写下这几个字。你知道我有多感动的，身边的这些凡人善举，让我的灵魂悸动，不管我的笔多拙劣，我都要记下他们。他们默默地帮助别人，让我们感受世间的美好。平凡的我们，在被世界感动的时候，会用我们微薄的力量，聚少积多，去感动世界。因为我们的灵魂也会在他们的善举之中得到升华，将爱一点一点传递下去。

小　黄

小黄是一个孩子，大家都这样叫他，我也就这样叫了。

我原本其实没有叫过他，因为我根本都没有见到过他，哪里有机会叫呢？

第一次听到小黄的名字是在两年前，办公室里。我刚刚教完一个大循环，做了后娘，半路接四年级。一同接四年级的还有另外一个老师。所有人都叫我有心理准备，是个特别的班。这个不重要，对我们教师而言，教哪个班不是教呢？做的良心工作，问心无愧就行。我很少去向原班老师咨询，我更愿意重新认识孩子，像他们认识我一样。办公室里正在交接班，我一不小心听到了小黄的名字，据说那是一个不错的班级，可是里面有一个叫小黄的孩子，他考试都考不及格。平时也就考那么二三十分，期末考试够争气，比平时多，勉强五六十分。

后来我听新接班的老师说，小黄除了成绩不可爱，并不惹人厌，这不是一个完全分数论英雄的老师，小黄是幸运的。当然，仍然是听说而已。我的好奇心还不足以让我去特意认识这样一个孩子。

你信缘分不？我信。

我认识小黄了。他挺高的，浓眉大眼，睫毛长长的，扑棱棱的，像小扇子。如果不是右脸颊上长有一寸的疤痕，我觉得用虎头虎脑来形容一点儿都不过分。那疤痕平添了几分凶，我就有点害怕。因为不是自己的班级，这些孩子，多少有点欺生。

嗯，是这样的，这一学期不知怎么排着排着我们就成了邻居，自然，除了班主任，所有任课老师都是同一个，中午吃饭值日也就合着一个老师，我中午也值日。

再优秀的班级，没那么一两个调皮的也不正常。我很担心小黄，不过我担心错了。小黄很守纪律，排队吃饭很积极。有一次到食堂的时候我没有看到小黄，正在担心，小黄满头大汗地过来了，告诉我，某某同学没来吃饭，他回去喊的。进教室的时候，小黄订正作业多，有时会溜出去一会儿，说上厕所，有时看书，有时写字，貌似时间不会久，他会折纸，会用刻刀在木板上刻鸡，并写上“今晚吃鸡”，当然，我把鸡认作了猪。他就笑，“她说是猪！”一幅不可思议的样子，伴着孩童无邪的笑。

慢慢地，我喜欢上了小黄。吃饭的时候，他就坐在我的对面。见我看他，怕冷落了我似的，总会冲我一笑，那种能让人的心瞬间澄澈，挂不住一丝雨痕的笑容。他会轻轻地告诉我，谁谁谁挑食，瘦。嗯，是的，小黄吃饭特别好，不声不响的，而且吃得特别快，不挑食，有时候他吃好了，看到大家都在吃，又会到盘子里去加一些菜。

有时候，我刚刚把勺子放下，站起来，小黄就会轻轻地问我：“你吃不吃了？”我一说“不吃啦！”他就会帮我把盘子收拾干净，把碗和他的碗叠到一起，送到其他同学的碗碟上。他做得非常自然，表现得很风轻云淡，仿佛这些就应该是他做的。

有一次，别班的一个孩子吃完饭，风一般从我身边刮过。衣服是敞着的，便从我的菜盘上一扫而过，我伸出手想拉那孩子的衣服，看一看有没有弄脏，却连他的衣角都没有碰到。小黄赶紧站起来，拉住那个孩子，说：“你的衣服刚才扫到老师的菜了，以后注意点。”目光里有种很有穿透力的冷静和包容，以及一种能让你感知到的善意。

我愣了半天，向小黄招手："来，小黄，我们说说话。"小黄笑了，整张脸洋溢着明媚而灿烂的笑容，五官皱成了一团，连连摆手："你还是和她们说吧！"我的眼中映现出一个萌得不像样子的娃。

这就是小黄。除却成绩，真的还不错。

她

楼道里新来了一个打扫卫生的。看起来年龄和我相仿，应该还小几岁，长相非常甜美，在一群面无表情的老太太中间，显得鹤立鸡群。鹤立鸡群的不仅是她年轻姣好的面容，还有她光鲜靓丽的打扮和甜美的声音。

第一次在楼道口看到她的时候，她的头发是用一根粗大的发带箍住。那种我喜欢了很久，在淘宝上看了很久却不敢下手的发带，很有文艺范儿，多少也很张扬。

所以第一次看到她，猛不丁，我以为她是少数民族的，像肉夹馍店里的回民妇女一样，头顶扎着方巾，很有异域风情。仔细端详，眼睛还算亮，不灰，不蓝，再一开口，坐实了汉人一个。

我出电梯的时候，她恰好在扫楼道，停手，抬眸，脆脆生生的一声"你好！"像入冬的暖阳，温温婉婉。像小区里的山茶，顾盼生辉。情绪会传染，我也回她一笑"你好！"

每天的每天，我也会主动与小区里不期而遇的打个招呼，问个好。这样彼此传递友好与问候的不在少数，点亮了无数个平凡而温暖的日子。

某天，天空蓝汪汪的，阳光水一样的。老家搬来的几捆书卸在单元门外，我去停车位泊了车匆匆过来的时候，我看到她站在书堆旁，她好奇地问我："你的书吗？"

我微笑颔首："是呢！"

"你买这么多书？"她满脸的疑惑。

我不做解释。

她又认真看了看："一样的书啊！"

"不好意思，是我写的，从老家搬过来的。"对着那对纯净的眸子，我脱口而出。

"你写的呀？"她似乎想打破砂锅问到底，"写的什么呀？"她用一种跟邻居说话的语气跟我说话，很熟络，不时抿嘴一笑。

我往楼道搬起一捆书的时候，她也跟了来，并且手里也捧着书，两捆。

"您放下吧，重。"我坚决阻止。

"放心，我干重活儿干惯了。"不等我再说，又折返过去捧起两捆，纯粹，质朴，一种贴心贴肺的温暖如约而至。

我想请她喝杯茶的时候，她已经离开了。

家里的生活垃圾，不会特意去送，总在下楼的当口，顺带。有时就会很自然地弄一个纸盒子，先储存在里面。

她来后的某一天，我突然发现放在门外的垃圾盒不见了。一次，一次……这在以往是从来没有的。打扫卫生的老太会来扫地，擦洗墙面，但是从来不曾主动带走过一个垃圾盒。是她！

太阳切割着四季，四季切割着我们，我们在切割自己的过程中变得浅显透明。在此后每一段平常得不能再平常的时光里，我总想为她写几个文字，不管我的文字多么微不足道。

这样的你

微笑，嘴角微微上扬，一弯新月的弧度，即使不说话，就很美好。我喜欢微笑的你，像一朵无风时候的莲，恬淡雅致；又像一首芬芳吐蕊的诗，喜韵自流。

晨起，对着镜子，你轻轻巧巧的眉眼一弯，敌太阳的灿烂，你浅浅淡淡的一缕微笑，赛貂绒的温暖。你的粲然一笑，散发着阳光的暖，逸满了花朵的香，仿佛世间所有的花朵，次第开放，满室生香。即使室外雾霾重重，内心依然阳光明媚。你的微笑，分明是一首小诗，抒写的是岁月静好，恬淡安然。

你说情绪会传染，走上街头，你对迎面晨跑的老人牵一牵嘴角，老人回你一声亲切和善的“早”！你对匆匆而过的学子扬一扬眉梢，孩子的腮帮立现两个浅浅的梨窝，酙满善意的甜酒……你的一笑一颦，是早春的花朵，是浓夏的彩虹。愉悦自己，快乐他人！

犹记得那次，一位接娃的老人突然拦住你：老师，您是 X 班的老师吧？你展颜一笑：您好，请问有什么事吗？老人急急说道：我有好几次想和你说话了。你班上的孩子一定很喜欢你吧？我每次看到你都笑眯眯的。我孙女的老师从来不笑，我都不敢和她说话……你愣了愣：哪个班的？老人犹豫了一下：XX 班的。你唇齿一展：很好的老师哦，对孩子可负责啦！老人嗫嚅：可她从来不笑，我孙女怕她，我也怕。你双眼一弯：各人的性格哦，你试试在，她很好交往。你不自禁地微微一笑，如潺潺的清泉，温温婉婉，柔媚了午后阳光，拉近了人与人之间的距离。你的微笑是光，是暖，是给予他人的勇气。

忙忙碌碌，都不过这一簇人间烟火。成年人的世界里，从来没有容易二字。又要上班，又要带孩子，还要抽空写东西。虽然很累，可你从不轻易说自己辛苦。你经历过不少挫折，却总也掩盖不住善良纯洁的天性。在你的眼中，一叶一花，都是生活美丽的呈现；一砖一瓦都诉说着旖旎的曾经。就像一块玉，岁月的风雨没有将你污损，反而打磨得更加光洁。你从记忆的宝藏里，挖掘出闪光温暖与芬芳，然后通过文字，传递给家人朋友同事，让每一缕光芒聚焦成太阳，让每一丝温暖汇聚成春天，让每一滴芬芳绽放成花团。

你说，很向往一种恬静的生活，将来退休了，于一处山林里徜徉，或小河边散步。可现在的你依然逃不出红尘的羁绊，不得不去应酬那些无聊却不好缺席的饭局，不得不去周旋那些真真假假虚虚实实的人事。甚至在路上开车遭遇那些毫无公德的司机的恣意妄为，你会在心里狠狠地骂一句，奶奶的！

尘世有尘，眼中有翳，心中也会有梗。一怔一愣，惊惧过后，望着那从西窗中涌进来的阳光，还有簇拥在窗边的蔚蓝天空与朵朵流云，那些烦心的东西常常不易停留在你的心底。所以你总会用微笑来看待这个世界，而这个世界的每样物件也总以愉悦的情态与你的内心交相辉映。于是你的眼中满是生动的妩媚，你的笔下满是灵动的绮丽。

你的英文名字叫“Lily”，师范的老师帮你取的，她说，看到你就会想起百合花，清雅洁净的百合。好吧，愿你轻轻浅浅的笑意，似月晕荡漾，似百合绽放，愿你始终坚信，微笑，就可以让生命这样美！

遇　见

认识金姐纯属偶然。一个很古典纤细的女子，偏偏拎着一只厚重的单反。画面感对比有些强烈，又恰到好处地自然协调。

金姐爱拍照，爱拍照的人自然特别热爱生活，所以圈儿里发的花花草草，瓶瓶罐罐，一景一物都满怀深情，会让我一瞥之下情不自禁地点上理所当然的赞。

有一天，金姐突然提议出去转转，说帮我拍点片片，有点讶异，想想都是性情中人，虽然一口应承了，却因有事黄了。

这个周末又约，又有事。万禾生态园，即便爽约了，一个人去转转，也好。

的确很美，也很大，可以开着车在里面转圈儿。才进不久，一路上掉落地的香橼黄得让我心疼不已。

我去的时候已经不早了，园里转了个圈儿，金姐几个正待返回，我下得车来，甫一站定，金姐便嚓嚓来了两下，随行几个拎着单反的立即以我做了模特儿，随我怎么走，看，就那样一顿猛按快门，弄得一向不怯场的我也忍不住笑道：我不会走了。

几个爱摄摄大咖一走，生态园里似乎立时安静了下来，我被红的黄的枫叶牵引着往纵深处走，拿着手机也像模像样的在这里拍拍那里照照。

长着红果果的景观树，虽然耀眼的很，却引不起我太大的兴趣。这个季节，还是沧桑些，荒凉点儿好。那些黄的、红的、枯的叶，才是我的爱恋。落叶乔木上零零落落地挂着的几片叶，在我眼里，也能挂成一帧静美的画。枯叶铺地，有一种说不出的奢华与厚重。我静立良久，看偶尔一片叶无风自落，带着宿命感，下行得无牵无挂。我傻不愣地干脆停下一切动作，只寻了落地叶的身影，兀自卖呆，醺醺然。

有鸟鸣，惊了这一园的静寂，才发现已近正午，四周不见一个身影，除了深深浅浅的鸟鸣，就剩了一个白衣直裙的女子，和一只土豆儿一样的狗狗。估摸着恁大的地儿，景致也大致相同。干脆侧了耳听各种鸟鸣，沉醉。

不知不觉，就到了下午一点。感觉着应该走了，又觉得心有所牵。念起来时散落一地的香橼，干脆开上车，去找。

我小心翼翼地行走在其间，几度弯下腰去捡拾，真是暴殄天物，看着已然腐烂变色的，心有不忍，总觉得这不应该是它们的命运。虽然闲人说，不经过园主的同意，你是不可以动它们的，哪怕它们掉在地上，就这样烂掉。

我可不这么想，与其让它们在地上烂着，不如跟我回家。 转了这么久，为何只有它牵着我的心？有时候你到一块地儿会有很奇怪的感觉，就仿佛有什么特意在等你。就如这一地的香橼。突然觉得原来它们是在等我。开始在地上捡，后来看到一棵树，还累累串串的，干脆就从树上打落几个。竟有了点贼不走空的欢喜。

到家之后不久，金姐发来片片和视频，心里很是震撼，非专业的却拍出了专业的水准，美得不像话。记着她说的一句话：回来写感悟。没有感悟，除了片片的艺术美引来赞声一片，纯做记录。

感谢金姐！

毛毯笑看风云

毛毯笑看风云，呆呆地望着这个昵称，觉得好奇怪呀，怎么取这样的一个网名呢？蓦然一惊：毛毯两个字是自己加的哟！幡然醒悟，忍不住笑。

……

年轻时就想着去漂泊，走很远很远，去见许多没有见过的东西，却不料半生都在小城画圆，突破圈圈的线段很细很短，也很稀朗，总在书本上幻想着远方。

一年年的，孩子大了，渐渐闲了，便想学空间一友，一人，一包，一箱，一列车，任意东西，一路行吟。即便东西南北分不清，即便纯路痴一枚。是哦，生命旅程中很多时候就是这样，当我们迈开步，不回头，就有了第一次，第二次……这是我第三次踏上火车了。

一个人。

列车哐啷哐啷，如老牛负重，不时发出混浊的异响。一掠而过的窗外景致只是文字里的描摹，一切都慢慢吞吞，不疾不徐。

有白桦树闪过，有村庄田野缓缓后退，许久不变化，只突然间落日仓促挂于枝头，红得妖艳而妩媚，我急急举起手机，连按，定格精致的画面。直至夜色降临，要么城市灯火辉煌，充满奢华与迷离，要么一切都落于黑暗，归隐。

我开始留心车内的风景。

首先吸引我的是一个小姑娘，戴着眼镜儿，白白净净，很鲜活水灵的样子。因为是在网上抢票，所以我只能站着。走到她身边的时候，她友好地问我：你是坐这里吗？我笑：不是，我是站票。

然后她就示意我坐对面，其实不用她示意我也会坐下的，这就是经验。第一次站票傻傻地紧盯着自己的行李箱，不知变通，一个年轻的小伙子多次好心让座，他不时转悠去找空位。我，学会了。

对面的女人和小孩子，大概是小姑娘的妈妈和弟弟，小姑娘和小男孩儿聊得很 High，且一直担心着他的爬上爬下。童稚的天真与无邪让我艳羡不已，感慨回不去的时光。后来车停，女人让小孩跟小姑娘和我说再见，方明白就是一段萍水相逢的友谊。

我和小姑娘面对面坐着，很快热络了起来，她的父母在隔壁车厢……人多的时候，我便站起来，她就难过地望我，我对她笑：位置多呢，我打“游击战”。她总不忘提醒：别忘记你的行李和水果。

后来小姑娘下车了，一安静下来，我就晕晕乎乎地想睡，昨天兴奋得一夜不眠，真的太累了。我逮着两个位儿，直睡到窗外一片黑漆。

对面仨人座上仅一老人，座位奢侈地多着。蒙眬间，感觉老人的位置上多了一个，他们聊上了。我睡得并不安稳，但真的在睡，实在太困了。

不知何时，有寒意入侵，袭击了我的四肢百骸。怎么回事儿？我努力扯着身上的每一块布片儿，想把自己包裹住。

似乎有声音在问：你嫌冷吗？我迷迷糊糊地应了声“嗯”，感觉自己越发地如坠冰窖，开始打摆子，我可能要发热了。

对面的人拎起了旅行箱并在取东西，我翻了个身。

“喏，这个毯子你盖着。”睁开眼的时候，已有一个软毯放到了我的身上，我诺诺地问道：“你不用吗？”我没有听到回答，昏暗的通道灯下，我甚至不曾看清对方长啥样儿。

我的注意力全部集中到这条毛毯上，一条红底白花的毯，暖洋洋的枣红色，白花很大很洁净，摸在手上特别柔软。我连假意推托都不敢，生怕一拒绝，对方真收了，我需要它。我在哆嗦！

我尽量用绒毯把自己包裹严实，慢慢地，我似乎汲取了热量，那条红底白花的毯，渐渐温暖了我冰冷的身躯，昏昏沉沉中，意识却变得清晰：今后无论怎样无垠的黑夜或寒冷里，这条毯都会温暖我的余生。让我知道，这世间有着怎样的温良与美好。

后来，上上下下间，人多了，对面的老人帮我借了充电器充电，坐在身侧的年轻人帮几个人大力安置了体积庞大的行李并试图把座位让给我，当我婉拒之后，对面的一中年人又提醒让我得以坐将了下来。有人让座，有人好心推荐买怎样的水果，有人接过你想扔的垃圾，有人接手你几乎握不住的烫水……

车到半途，眼看着已混熟的一个个下去，竟心有不舍。佛说：前世500次的凝眸，才换来今生的一次擦肩而过。又岂止说的情爱。

一张站票，一条红毯，一群陌生而善良的人，让我在凌晨，注定再无眠，而我的心也像这节车厢的温度，渐渐攀升，攀升……

一尊捻过光阴的佛

中午值班时，翻阅手机。

心脏漏跳了半拍：

孟大庆，走了。

那个顽强地活着，活成一种信念的人，他，走了，终于在冬至之日，仙逝了。

有那么一阵，脑海里一片空白。能思考的时候，只想祝福他一路走好。是的，于尘世的他而言，何尝不是一种解脱。于疼痛煎熬中的他而言，确乎是一种解脱呀！

第一次见到孟老师，是在如皋新华书店，那次是参加全民阅读日活动，耳边突然响起一声轻呼："孟大庆和他女儿诶！"我忍不住轻轻扭了一下头，看到一个高瘦的男人和一个小姑娘，并没有什么特别引人注目的地方。在读完杨绛先生的一段文字之后，那个高瘦的人发言时，我又听到一声轻呼："孟大庆！"我不禁为自己的孤陋寡闻汗颜了，在小城生活了20多年，我认识的人并不多。

"孟大庆是谁？"我终于忍不住轻轻地问了一声。"法院的！"我面无表情，对方后面那句话才让我恍然大悟，"他得了癌症。"

一个癌症病人啊，向来同情心泛滥的我不自禁地心里就涌起一股柔软和遗憾。我的心理素质不够强大，倘若真得顽疾，只怕惶惶终日，郁积于心，不会病死，早就吓死了。所以那个看起来再正常不过的人，让我多看了一眼，而且我记住了，他叫，孟大庆！

也许是记住了这个名字，所以当我再在一个群里看到一个叫江东日月的人几次三番地发孟大庆的随笔《与癌低喃》时，忍不住好奇了。当有老师告诉我说“江东日月就是孟大庆，孟老师是个非常好的人”时，我主动地加了他的微信，不仅因为他是好人，更因为我感觉到的满满正能量。

那个满满正能量的人，他开了一个公众号“大庆忆往昔”，有时是“与癌低喃”，回忆自己被诊断出直肠癌晚期之后的所思所想；有时是“心海微澜”，记录生活中对自己有所影响的人事物，回忆过往的点滴；有时是“望凤成女”，记录女儿的成长史……无论哪种文字，你都能看到一个豁达乐观的孟大庆，他将自己患癌后的生命体验和人生顿悟与癌友和更多的人分享。每每读孟老师的文字，都能听到一种生命律动的最强音。病魔没能磨灭孟老师的意志，他活出了自己的样子。他阳光圣洁的文字，他患癌后的心灵之作，多次被我转给身边的患癌朋友，虽然生命的长短不可估摸，肉体的痛楚难以言表，但孟老师灵魂的平静坦然，他的善待万物而不争，拿得起放得下的精神，不仅助力着更多的癌友，也温暖着我们——绝症并不可怕，可怕的是在厄运面前丧失了直面的勇气和生存下去的态度。

我与大庆老师的单独交流甚少，印象深的仅两次。一次，孟老师转发了一篇关于我帮助山东济南老将董宾老师的文字于我，告知我说：“今天张亚鸾副市长把文章放进朋友圈的”，现在想想，他定是对我的善意表示赞同。

还有一次，当我惊闻一个儿时伙伴辞世，悲难自禁，孟老师又留言劝慰于我，并转发一篇旧文，让我懂得生与死的无常，来与去的禅理。

他告知我，我这样子的状态只会让朋友走得不安心，嘱我“阴阳两界，歧路各别。不可过多悲伤，切记。这是我的体会。做有利于自己和朋友的事就行了”。更多的时候，我只是默默地关注着他的公众号。

我与大庆老师的最后一次交谈，定格在 12 月 8 日，当我问他：“您现在的身体状况是不是比较糟糕？”

“是的，经历四大分离之苦。”这样的回答，我痛，我懂。

我不知他以怎样的艰难，在做最后的剥离。

十年前，我送走了罹患食道癌的父亲。当年的请求“为了我们，请好好儿活着”，全在那次母亲把话筒移至一边彻底崩溃，父亲在电话那头失控的哀号，成了我心底永远的痛。在多少个寂寂的思念里，我几难入眠，我的父亲，为了我们，他撑着，挨着，在我们面前总是笑着……活着，真不容易。

好吧，亲爱的苏苏（孟老师的女儿），愿你懂得，历历来时路，悠悠归去时，我们每个人都是生命的匆匆过客，离去，不过花辞树。

就让我把这段话也转赠与你吧！阴阳两界，歧路各别。不可过多悲伤，切记……做有利于自己和爸爸的事就行了。爸爸，不过是去了他该去的地方。

愿你似我一般相信，驾鹤西去的他，现在已在云端笑望这尘世，许或目光掠过你母女时，尚存钝钝的痛。但他现在一定很安详，很开心。

你的爸爸在生前就已经得到了许多人的喜爱。人生，启程一样，归途一样。从来处来，到去处去，你的父亲孟大庆，他是一尊捻过光阴的佛。

想想吧，他在病痛折磨之下，没有恐惧，没有投降，而是努力调整心态，从容应对活着的每一天。且以自身患癌的经历，观照内心，激励所有患癌的病友，他激励的，又岂止是身患重病之人。你是他的女儿，你一定会像他一样好。

世上一切皆因缘起，得到和失去都有定数，你和孟老师能够父女一场，已经是莫大的缘分。相逢和离别都是必然，活着和死去皆因安排。他的肉身虽会消弭，但他透视生命的体验和对人生的顿悟，是他留给你最好的礼物。

所有的悲苦都是生命旅途中的试金石，直面生活，勇敢以对。愿你坚信，你的父亲，这尊捻过光阴的佛，他在七彩祥云之上微笑看你。愿你坚信！

第五辑 唯有生命不可辜负

我的世界很简单，唯愿余生不辜负。

唯有生命不可辜负

黄叶翩然从枝头飘落，有一句话随之栖落心头：每一个不曾起舞的日子，都是对生命的辜负。尼采的句子，很喜欢。老尼认为艺术创造缔结着过去现在与未来，生命有限，艺术无价，每一个不曾创造艺术的日子，都是没有意义的，辜负自我与生命。

我不谈艺术。信手牵来的辰光，不过是希望每日价开开心心，快快乐乐，通俗的说法就是珍惜活着的每一天，让活着的每一天过得流光溢彩，至少成为努力的方向……

这样想着的时候，一个好听的声音，从背后响起："别动！"我本能地站定，不动。于是，黄叶雨瞬间从天而降，密密罩住我，触动我的眉眼，沾上我的发丝，坠点我的棉衣，再扑簌簌散落一地。一群小调皮啊！我转过身去的时候，又是一阵叶儿雨，一拨拨儿的，伴随着好听的银铃般的笑声。"周老师你别动哦，让我们扔！""好漂亮啊！""别动别动，叶子落在头发上呢！"脑海中突然幻化出一句话："唯有生命不可辜负"。

"你们自己玩吧！我帮你们拍照。"快乐会传染，我欢快地招呼道。一个个却总是追着我，把我当作了活靶子。奈何，我也弯下腰拼命捧拾，扬起。一个老孩子领了一群小孩子，不厌其烦地弯腰，捧拾，扬起，跳跃，欢笑……且轮番拍照，再对着照片指指点点，咧了嘴大笑。兴致盎然，兴高采烈便是描写此情此景的吧！

“周老师，别动别动，你的头发上有叶子呢！”往教室走的时候，又被止住了脚步。

“周老师，你今天晚上回家要洗头哦！”我忙不迭地应承“嗯，嗯”。满以为小家伙们在帮我取落叶，却认认真真地把一片片银杏叶往我发丝里镶，直叫嚷着“好看”“好看”，还建议拍下来。

日子有时就这样活色生香，有点任性，有点恣肆，释放的却是真性情。红尘劫难逃，始悟生之道。细想想，轰轰烈烈也好，岁月静美也罢，万千苦痛欢欣，万千芜杂繁复，不过是过眼烟云。美景美食美文，梦想情爱美人，睁得开眼迈得开腿方可消享，所以，唯有生命本身——不可辜负。

唯有生命不可辜负。不管明天有多遥远，未来的路有多漫长，命运如何的多舛多变，我们都应该始终对生命满怀赤诚，充满敬畏，让我们在有限的生命里努力到感动自己，拼搏到无能为力。即使不能改变什么，也不必为遗憾而纠结。

唯有生命不可辜负，做该做的事，见想见的人，丢掉无谓的烦恼，认真快乐，让今天成为生命中最棒的一天。倘若该奋斗的年龄蹉跎了岁月，辜负了生命，我们的人生还怎么起舞？不经历痛苦失败，不使人生饱满，是不是也是对生命的辜负？倘使做任何事情都一定要追求一个结果，那么过程将会非常难挨且痛苦。读闲书，写闲字，晒太阳，种草养花，喝茶遛狗……喜欢的事情就投入最大的热情，用心体悟周遭世界的美妙，也是对生命的不辜负。在我还算健康的岁月里，找寻自我，发现自我，释放自我，算不算在给自己赢得更多的时光？

一生太短，世界很大。不曾拿起，何谈放下？我的世界很简单，唯愿余生不辜负。

静待花开

快递打来电话的时候，便开始有了小小的欢喜——今天带来的会是什么花呢？

空间有一友，常有花花晒出，让我眼睛一亮的同时，又让我好生羡慕——好雅致的女人，好有情调的生活。一度我甚至有认真研究是绢花还是鲜花，看着澄明玻瓶里的清水，长叹一声：真花！在这日渐萧瑟的冬季，热烈的色彩一经出现，某种来自灵魂深处的渴望让我目不能移。

终于在某日，贸贸然问之：为何常有美貌花花？回复：订的，每周换新，喜欢推荐给你。心下一动，看到“价格很美丽”时打开链接，下单了。

自此，每一个周六，不期然的心就有了期盼。

开心地接过包装盒的时候，眼睛是兴奋的，手是兴奋的，心也是兴奋的，这种感觉真好，如包扎好的阳光，一下子喷薄而出，只将一袭橙黄，涂抹在周遭的远远近近，薄薄的，柔柔的，一种贴心贴肺的舒适如约而至。

找来剪刀，小心翼翼地把外包装一层一层剥开，终于见到了庐山真面目——一束百合，全是闭合得紧紧的花苞，像矜持的女子。哦，不对，有两个已经略略张开了小嘴巴，是开心的笑。这样好，想来怒放的花束不适宜运输，我心下掖着的期待是可以看见花儿渐次绽放的过程，花期一定也会更久，这样一想，欢喜便有摇曳生姿的感觉了。忍不住凑过去，鼻息间传来若有若无的甜香，这个味道，恰恰好。

轻车熟路，去包装、剪枝、加水、装瓶。想着百合适合长瓶，便把几根富贵竹挪了窝，认真清洗一番后，左瞧右瞧，却总觉得有点单调。上周的洋兰还轻敷罗面，蛾眉淡扫，轻轻悄悄地立于卧室之内。取来，试着放到了一起，小花大苞，白绿相间，倒也相映成趣……

忍不住拍了两张片片放到空间，附了一段话：

室外，冷冷的；室内，暖暖的；

室外，阴沉沉的；室内，欣欣然的。

我请回了很多小太阳，

我把春天也请在家里。

……

严冬，灰的天幕下，无论窗外如何肃杀，只要在屋内目光所及的地方，放上一束美美的鲜花，便是放了明媚与希望了，鲜花点亮生活的感觉，是这般的美好，热爱生活的我们，尽可以在这番天地，静待花开。哪怕瓶里插的是一枝红叶，一抹绿意，在大多数乏善可陈的冬日时光里，也能活色生香！

源头活水

跟友聊天，友说起自己灵感之源枯竭了，再也写不出东西了。不难想象，说这话的时候，痛楚该是怎样咬噬着友的心脏。

友酷爱文字，在无数个清凉的夜晚，我在友纤细的笔触里静静地品茗，那是一种无法描摹的享受。在友翦翦清伤的字里行间采集，那一词一句，甚至一个标点，都是一泓清丽而韵味十足的感触。友用素描的勾勒，却立体地彩绘出一幅幅委婉细腻、深沉博大的画面，那深沉在其淡淡的笔端里如时光幻影，常常只可意会，不能言传。

这样一个能在清寂的曲调中演绎出各种悲欢的灵性之子，竟说自己的灵感之源枯竭了。硬是让我呆滞半天，很恐慌地问了一句："有一天我是不是也会这样？"友反过来安慰我："不会的，你不会的。你就像一位造诣极深的厨娘，能把入得眼的肥瘦浓淡，烹调成一盘盘清淡雅致的菜肴。"我忍不住哈哈大笑，旋即释然："不写也没关系啊，我们可以读呀！穷其一生我们又能读几本？永远不要担心没有书读哦！"

友忍不住吟起朱熹的《观书有感》：半亩方塘一鉴开，天光云影共徘徊。问渠哪得清如许？为有源头活水来。沉思半晌，幽幽地说："是不是我最近读书太少了？"我认真地点点头："也许。"

但凡喜欢写文字的人，大抵颇爱读书。就像我自己，年少时候就有过拿着手电筒窝在被窝里通宵达旦的经历。不仅于此，最难忘的记忆还是用煤油灯的时候，煤油是限量供应的，所以，做好作业洗好澡上床之后，煤油灯很快就会被母亲吹灭。在暗的夜里瞪大眼睛静静地等着，估摸着所有人都睡着了，方始蹑手蹑脚地下床，点灯，夜读。十有八九会被睡得很醒的母亲吆喝着吹灭，因为灯光的渗透性实在太强。于是想出了对策，找来大的纸箱，把煤油灯置于其间，上面也遮住。烘黑了常事，最可怕的一次是达到了着火点燃烧了起来……

上学时候的零用钱实在稀罕，一分一分积攒以用来换一本悦心的书籍便是天大的乐事。第一套完全属于自己的小人书是《尼尔斯斯骑鹅旅行记》，一套六本，四毛两分钱……

因为老是喜欢偷看书，做作业的时候看，睡觉的时候看，走路的时候看，上课也看，有一次盛怒的母亲把我所有的书扔到炉灶里一把火给烧了，哭哭啼啼中感觉她已经走远了，迅速地溜下去，抢出了 15 本……

后来参加工作了，有了孩子，从小给孩子最高的奖赏就是一套书。闲钱与时间便与书缔结了不解之缘。可是随着年龄一天天变大，心却一点点浮躁。很多时候，书置案头，人却心猿意马。生活里的琐事，工作中的琐碎，如风似雨，常常吹散那本该环身的清净，淋湿本该怡情的坦然。烦躁也会不约而至，弄得自己丢盔弃甲狼狈不堪。定力哪里去了？莫非人越大，心性越脆弱？自己的灵魂统治不了自己的情绪，任其泛滥成灾？不行！得读书！修身养性的第一要素就是读书。于是案头床畔，所及之处全放上了书，一有闲暇，便徜徉于书海之中，时光，又变得饱满而丰盈。

“不动笔墨不读书”，这句刻骨铭心的警句像微风轻扣窗棂一样，时时吹拂着耳畔。游览的时候，把风景当作一本书来细细阅读；而读书的时候，将书当作一处风景来慢慢品味。

阅读的足迹于字里行间散步，心灵所过的地方，或激动或伤感，诸多所见所闻，种种所思所感不应该只是像空气一般地在脑海里流淌，而要让它用文字符号的形式像固体一样呈现出来，叫书感觉到你曾经来过，并且与它促膝长谈，在书的眼中留下你美好的行为习惯，在书的心中记住你雅致的思想认识。

如果读书没有留下读书的痕迹，就像旅游连一张照片都没有留影的那种遗憾，会在以后的日子慢慢折磨自己。况且，书籍自古就是人类的朋友。与朋友一起的时间，若不倾心，酣畅淋漓，岂不失却相处的意义？

有古诗云：我看青山多妩媚，料青山见我应如是。书籍与我们何尝不是如此关系。所以阅读不仅要入眼，更要入心。阅读不仅是眼路过心走过，更要笔停驻，或点或圈，或查或记，因喜好而自然，因情绪而泼洒。“不动笔墨不读书”，是你我与书籍相知相守的深交之道。

诗人高法莱曾说：“一个人好像一本书，人诞生，即为书的封面；其洗礼即为题赠；其啼笑即为序言；其童年即为卷首之论见；其生活即为内容……其内容有值得一读的，有不值卒读者。可是最后的一页上，总有一个全书完的字样。”书即是人，人即是书。读书，不仅可以怡情悦性，还有明理识人之功效。

于悠悠的午后，静坐在靠椅上，或《给教师的一百条建议》，或《张晓风散文集》……一本爱书捧在手心，一壶清茶陪伴在身，那种惬意，那种享受，不是诗情胜过诗情，不成画意赛过画意。

温柔以对

糖糖发来一段视频，静静地看了一遍后，情不自禁地写下一句话：

让我们始终能被这个世界温柔以对，让我们始终温柔以对这个世界。感动……

是的，感动，忍不住看了一遍，又看了一遍，并把它向朋友群里扩散。怎样的一段视频呢？

2017 年 3 月 20 日下午，烟台莱州市金煌路口，往来匆匆、车流如潮的红绿灯路口，一位行动不便（一看就是小中过的那种）的老人推着一辆轮椅，从马路右侧的人行道上缓缓走来。

片刻之后来了一辆巡逻摩托，停在了左转道前。不一会儿，南北方向，我姑且称之为南北方向左转道的汽车开始行驶，老人依旧在前行，左转车从他身边擦肩过。坐在车上的那位交通警察蓦地下了车，快速地走到老人身边上前护导，疏导车辆护送老人过马路。

稍顷，对面的绿灯已经亮了，此刻的老人相当于走在马路的中央。对面一辆小车已经开动了，摩托车上的交通警察立即发动车辆，扭转车身，护在老人面前。刹那间，我的心颤动了，有一种很柔软，很柔软的东西在心中升腾，于是我情不自禁地写下了上面那句话。

我分明看到后面的小车都慢下来了，小心翼翼地井然有序地从旁边缓缓驶过……

糖糖说：这才是真正的人民警察！

是啊，这才是真正的人民警察！我还想说的是，人民警察中，一般人都是这样子的。我认识一个朋友，他称自己为片儿警，他在自己的工作岗位上兢兢业业，会为了抓捕一个小偷，跑得上气不接下气，半夜出警是常事，一有稍显重大的活动，放弃休假，带着自己的兄弟，到现场执勤，维护现场秩序和安全。不眠不休地保护是他们的职责所在，更不用说长期坚持在反恐第一线的特警，时常会有生命危险的火警……

某警察耀武扬威、仗势欺人；教师体罚或变相体罚了某学生；医院乱收费……诸如此类的报道铺天盖地，常让我们忽视了更多警察的正义之举，生命的安危；医生的殚精竭虑，不眠不休；教师的艰苦和辛酸……一句话：这几个都是高风险，低回报的职业，而对这些职业的尊重，关乎着一个民族的素养！

一个人的行为，可以影响周围的人去效仿，去学习。而媒体报道会引领整个社会潮流，更应该多提供正能量，促进整个社会更好更和谐的发展。极少数居心叵测的媒体人对负面报道的大肆宣扬，常常禁锢了正义之举，助长了更多的戾气！

不管身处怎样的境地，都要相信，这世间还是好人多。

当然，我们每个人心中都应该有一根准绳。当所有人都在议论老人不能扶不能救的时候，我在出外的路上偏偏遇到了两个老人，他们艰难地在一辆车的边角，一个倒着，一个用力拽着。我停下车前去询问，老太说：“他是我父亲，九十多岁了，走着走着，突然摔倒了，爬不起来，我扶不动。”脑海中也有闪过欺诈之说，心里却想着：如果真这样，是命！我不曾犹豫，走了过去。我尽了力叉着老人的胳肢窝往上，老太也在一边用力。老人颤巍巍站了起来，他的右手死死抓住我的右手，好久……那一刻，我知道我有多重要。老太连声说着谢谢，她说：“好多人经过，没有人帮忙……”上到车上后，我哭了……

但存善念，莫问前程。在远离了喧嚣的人群之后，多听听自己内心的声音。我很清楚自己想要什么，心若自由奔放，阳光便是翅膀，走到哪里，都是天堂。这一趟最大的收获，便是一路风霜走来，我仍然热爱着生活。

老人，老了……

老友少有的语气慌张，老父亲丢了。一定在慌里慌张东找西找了吧，可以想见的慌里慌张啊！无力地嘱他一句，多问问，看看有没有人看到。心却不宁静起来，怎么会想到，这样的事就发生在自己身边呢？

曾经聊过这个话题，我问：如果有一天老了，痴呆了怎么办？老友冷静地说：痴呆就痴呆了呗，能怎么办？老友向来冷静，冷静得有时近乎冷漠，让你觉得心安，也让你觉得无望。此时的老友，必定是不冷静的。

老友的父亲八十三岁了，老友每周一次赶一个小时的路程回去烧烧煮煮，洗洗弄弄，为老父亲准备一周的食物。某天下午，老父亲突然说自己时间不多了，然后跑到母亲的坟前待了半天，说是去看她有没有准备好迎接他……那天老友心脏漏跳了，他绞尽脑汁地想如何安置老父亲，我建议他请人照顾，老友却不放心。

老父亲的意识越来越模糊，忘却了许多东西，终于连老友都不认识了。万不得已之下，友在单位附近租了一套房，把老父亲带在身边。下班回来，给他吃新鲜可口的食材，为他洗刷按摩，让已经卧床不起的老父亲又能够站了起来。可是老父亲却成天嚷嚷着要回老家。友跟他已经说不上话了，他常常自言自语，说得最多的，就是要回家。对他那个住了快一个世纪的村庄刻骨铭心。每天的每天老父亲像孩子一样，可怜兮兮地央求友，吃饭时说，醒来一睁眼就说，无论友怎样解释，都无法改变老人的想法。友后来干脆说老家的屋舍塌了，回去没地方住。老人依旧孩子般固执地吵着要回家……

我担心的情况果然发生了，老人自己跑了出去。

我有时会问一些不着边际的问题，比如：我会得老年痴呆么？如果有一天，我老年痴呆了怎么办？当然不是无端端的。

某天，我心无旁骛地盯着卖蛋的女子一个一个装袋，小心翼翼地算着还有几个轮到我时，旁边一个老太突然侧过头来，笑眯眯看我："你过会儿和我一起回家吧！"我回以微笑，心里想着：她认错人了吧？仿佛回应我，正前方的女子，右手把老人揽过，略一侧头，抱歉地对我笑，轻声说："她老了……"

是的，她老了，花白的头发剪得短短的，皱纹如浅浅的沟渠在额头嘴角眼角纵横交错，笑容纯净眼神清澈。我忍不住问："还认识家里的人吗？"女子轻轻回我："一个都不认识了。"老人又固执地转过头来，变成一脸讨好的笑："你和我们一起回家吧！"

瞬间，我觉得心中的某一处堡垒突然间开始坍塌。

想过千次百次，怎样地老去，以为自己会背着相机走遍千山万水；以为自己会架着老花镜捧着一本书，在一盏茶香里静静地读书看报；以为会有一个青藤爬满墙的小院，让我静坐在摇椅上守一墙花开；以为会闭上眼睛在夕阳的余晖里安静地回想走过的每一天；以为会和老姐妹们去跳广场舞；以为每天会挎着菜篮子去菜市场讨价还价，累了就静坐在马路边的长椅上，看前方车来车往；以为某一天，会和某个人一起慢慢变老。以为了那么那么多，却从不曾想过某一天，会得老年痴呆。

就那天起，经常会想，甚至会问豆子：妈妈老年痴呆了怎么办？不认识你了怎么办？

豆子会笑，会说：养你呗！我会觉得很难过：连最亲的人都不认识了，多可怕呀！

是的，有一种叫作害怕的情绪，在每一个老年痴呆的人和故事面前，如丝如缕般钻入我的每一个毛孔每一个细胞，打破了我坚持“优雅地老去”的所有誓言，顽固得让我有点发愁：我该如何配合生命里这许许多多的不可知，才算不辜负走这一遭？我该呈现怎样的姿态，这世界才肯成全我？

接豆子的时候告知了友老父亲的事情，忍不住问：假如妈妈老年痴呆了，不认识家了，走丢了怎么办？豆子仍笑：把你的腿打断了锁在家里呗！多么没心没肺呀，我呆愣愣地望，年轻就是好呀！

历经两三个小时后，老友风尘仆仆地找回了风尘仆仆的老父亲。依老人的身体状况，站都颤巍巍的，根本无法走多远，兜兜转转一圈，在一条山沟沟里找到了。

我差点听得哭，老人下床已极少，友走时的确是给门上了锁的，“回家”的念种得有多深？让一个手无缚鸡之力的耄耋老人摇散了门框摇坏了门！家在他心中到底有多重？在有生之年，友不可能让他回老家一个人过了。友说，以一种不算人道的行为，做人道的事情吧。还能怎样？

终于明白，倘使老年痴呆了，是不会因为自己的痴呆难过的。如果还有什么值得难过的，只有心中的执念吧！于友而言，只要能看到父亲依然憨厚的笑容，依然能听他吃东西时的吧嗒声和睡觉时的呼噜，便是最快乐温情的书写吧！于子女而言，父母在，家在，这最后一程的陪伴，定是痛而美丽的歌吧！

手机控

不知道什么时候便被手机奴役了。从开始对手机控们的调侃不屑到不以为然到不知不觉。曾经有那么几次手机忘带了，会很开心地想，哎呀，今天不会收到短信或者电话什么的骚扰了，真好呀！是的，半天下来会有几个未接来电十几条信息很正常，甚至更多。若忘了带手机，心下就有小小的安慰与窃喜，觉得偷来了半天的安宁。

手机在身侧的日子，倘若忘记调静音了，白天还好，会愣一下下，会继续自己的事情。不忙的话还会顺手打开看一下。倘若是夜里，常会一惊；若是深更半夜，心脏会骤然一阵猛跳，直觉要跳出口腔；若是半夜被惊醒，对浅眠的自己而言就更糟糕了……所以那时候我是有些讨厌手机的，讨厌手机上建立的各种名目的群。

一向是个任性的人，一些莫名其妙被拉进去的群自己主动自觉地退了出来，留下少许的工作群和同学群，空间的信息也会让自己有意无意地忽略，感觉实在没有营养的，便屏蔽了。甚至有过小小的得意，觉得自己做得很好。

只是真的，做得很好吗?

某年某月的某一天，手机又忘带了，这半天就发现自己一直心神不宁，总担心有人会找，总担心有什么事发生，心下显然明白，自己哪有那么重要，生活每天平淡如水，哪有那么多事情会发生。才终于明白，自己也成了手机控了。这是多么糟糕的事情！

每天打开手机，总会有意无意地浏览空间，瞄一眼群对话，生怕错过了什么。浪费更多的时间在无关痛痒的声息之中，甚而喧嚣，甚而浮躁，不知不觉就成了常态。糟糕的何止于此。最糟糕的莫过于又一天，突然发现眼前模糊了，无论怎么努力，眼前依然一片云遮雾罩。方始明白，自己一向引以为傲的视力下降了。那种感觉真糟糕呀，眼前所有的一切都蒙上了一层纱，你看不见分明又存在着，你想扯掉又抓不到……

好友说，肯定是因为我在手机上流连的时间太长了，尤其是写东西。应该是呢，其实所有的不好，都是有征兆的。有那么几次视线模糊的时候，很短暂，在自己放眼大自然或睡一觉之后不久就好了。好了伤疤忘了痛啊，埋首的时间越来越长，接触大自然的时间越来越少，理所当然地做着诠释——天气冷呢，我怕冷。

所有的喜好，都可以朝令夕改。不喜欢的，你也去做了；喜欢的，不知不觉就丢了。原都是不知不觉呀！若以伤害自己的身体为前提，我宁愿不要。

关机关机关机——

眼睛，眼镜

眼前突然就模糊了，这让我非常的怔愣和害怕，是近视了呢，还是老花了呢？抑或，只是过于疲劳？

眼睛作为我的骄傲，已有不短的时间，1.5 呀，在这个眼镜儿遍架男女老幼鼻梁骨的年代，还有多少人有这样明亮的眸子？豆子进高中体检测视力，那眉飞色舞的得意劲儿记忆犹新：“医生看我像看稀样鸟儿哦，说这伢儿眼睛好来。是他们看到的视力最好的一个，非但不近视，问到 1.2 都不高兴测了。”可让他小得意了一回。

豆子刚上初中那年，有一天突然跟我说：“妈妈，我眼睛可能近视了，要配眼镜儿。”这可是大事呀，某个周末就赶紧带他去测视力了。可是测来测去，相熟的医生都说不近视呀，豆子坚持说他近视了。一套繁琐的程序检测过后，结论仍然是不近视，豆子仍然坚持说他必须配眼镜，否则看不见。在那一瞬间，我和医生相视一笑，恍然大悟：这孩子有眼镜儿情节了。

我小的时候，也有。那时，戴眼镜的可真是少，凤毛麟角。教师，城里人，干部。总之，作为一个乡下孩子，在我眼里，戴眼镜儿的就是有文化、有内涵的知识分子。我是用仰视和膜拜的眼光看的。

我努力地在强的阳光下看书，窝在被窝里用手电筒看书……小学毕业时拍毕业照，我甚至调皮地从喜欢我的数学老师那里，借了眼镜儿拍照，虽然眼前模糊的一片，内心却是无比的欣喜与自豪，仿佛自己一下子就学高五斗满腹经纶了。

不曾能够戴上眼镜儿的遗憾，一直延续到很久很久以后——看着室友早起半小时忙美瞳，看着忘戴眼镜儿的姐姐对着陌生人亲热地打招呼，看着姨兄从冷的外面走到室内赶忙摘下眼镜儿擦玻璃片，看着好友夜晚会车时眼镜片的反光带来的紧张，看着眼镜儿摘下后，一个个变形泛白的眼球……我终于明白，戴眼镜儿，那只是一个无知孩童固执地加了颜料的梦。

只是这个早就醒了的梦，是不是时至今日要添加成黑灰色继续延展呢！

告诉可人和三少自己眼睛症状的时候，她们的表情都是非常严肃的："你可能老花了。"损友，绝对的损友啊，非要在裂开的口子上撒一把盐么？

"我不想戴眼镜儿啊！"我一番哀号，"一想到我这么明亮的眼睛，自此之后，看东西模糊，我就不能忍受。"

"早就让你别在手机上写东西了呀！""也许是眼睛过于疲劳引起的。去看看，放心。""现在有一种眼镜儿，平光的，防电脑辐射，防手机蓝光。适合你。"开启七嘴八舌的关心模式，最后一合计，一起去老影剧院对面的大明眼镜看看。

下班以后，直奔目的地。新奇地把额和下巴放在了先进的仪器上，很配合地瞪大眼睛：一个红点，再一个红点。

"你的眼睛不散光，没有老花。"

心底下一松，随之一紧："那是近视了？"

"你的眼睛也不近视呀！"多么好听的声音啊，宛如天籁。

"你再看看，不会弄错吧！"

"怎么会弄错呢？看过来，最下面一行——"

"哇——哦——，还是 1.5 啊！那我的眼睛看东西怎么会模糊的呢？"

“视神经疲劳。”

“怎么治？”

“不需要治，多休息就行。”

“我已经休息了三四天了。”

“她用眼睛比较多，经常摸手机，我妹妹上次在你们这里买了一副平光镜，就是可以防辐射的……”

“是的，你也可以戴这种眼镜儿，经常用手机和电脑的人来买的比较多，都反映效果挺好的。平时也可以戴，还可以挡灰尘，防紫外线。尤其这夏天……”

“那我肯定要买一副啦，帮我配一个呗！”

候在一边的导购小姐赶紧迎了过来。把我们往前带，一路眼花缭乱，直觉自己是刘姥姥进了大观园。从太阳镜到近视眼镜儿，从有框的到没框的，从黑框白框到红框粉框，从绿框蓝框到金框银框，从圆的到椭圆的到方的，从知名品牌到大众化的。价格也是参差……在导购小姐热情指引下，我配了一副不太贵，好看又轻巧的平光防辐射眼镜。

现在，瞪着镜子中的自己，严重的睡眠不足，血丝和疲惫进驻眼底，再不能眉眼如初，清澈明亮，唉，我不要眼镜，我只想双眼看到的世界依然真实，清晰，亲切。所以，从今天开始，我要把眼睛保护好！

填空时间

有人问我，为什么叫填空时间啊？哈，笔者有时候就这样，沉浸在自己的思维里。很简单的，在等待姐开刀的时间里，写下这段文字，用以填空难挨的一段时光。

——写在前面

姐要开刀，我总要去的，即使用姐的话“你来了有什么用？”我知道她本意不是嫌弃我的一无用处。她只是怕我走不开又担心。当然，我倒真的是相信自己的无用，一来我不能帮着熬疼，二来我更不会开刀，只能在门外傻等。甚至我连鼓励劝慰的话都不懂说。我不知道姐怕不怕，反正我怕。

我不敢起得太早，不仅是没有睡够，睡醒。更怕一个人没入黎明前的黑暗，万物归寂，有被吞没的窒息感。所以我出发的时候天微亮，水汽氤氲成一张青蒙蒙的网，弥散在空中，愀然空灵。刚好。

路上有车，不多。路旁的落叶乔木袒露所有的细节，真诚朴实。远望有如龙脊蜿蜒，这样行驶在高速路上的感觉挺好，会让我滋生出“这条路就是专门为我设置的通道”。真不知道自己的脑海里成天是怎么想的。

其实是不安全的，意外在不很远处待着，似乎有很多的警车闪着灯。

像怪兽的眼睛，蠢蠢欲动。我的心自然往上提了提，且吊在了半空中。经过的时候，我还是忍不住把眼光瞥过去。我看到了很多车，一长串的，大卡车居多。除了我行驶的最左侧的这条道，其他的都被封住了。估计是追尾连环反应。在最末，我看到了一辆侧卧着的大卡车和一辆我不知道是不是被撞扁撞翻的小轿车，看不清。总之，我以最快的速度收了心神。把心努力送到胸腔里，然后警示自己，高速公路保持适当车距。

我很谨慎地开着车，不时自我提醒：路面湿滑，不能急刹。不能开太快，保持适当车距。注意力要高度集中，随时观察周围……

好的吧，也许这样提醒自己的时候就已经走神儿了，所以我努力全神贯注地盯着车前方，偶尔看看观后镜。

有导航就是好。我对它已经有了依赖，甚至在我的小城里面寻地儿，我也会打开它。

无惊无险，顺利抵达。

比预计的时间提前了十多分钟。连路边的停车位都好像是专门为我留的。情况好的。

晕了方向。上学时去过很多次的市院，虽然除了新建的高楼，变化不大，我还是分不清东西南北了。问了一个岗亭，说我方向走反了。扭转头一直走，我牢记着回头反方向走就能找到我的车。

姐的病床是在走廊里的。看来大医院永远不要担心缺病人。姐不怕，她很镇定，可能当超过所能承受的肉体的疼痛来袭的时候，其他什么都不算什么了。母亲问我饿不饿的时候，我才发现我带来的吃的东西扔在车上。

很快我们便随了护工把姐送到手术室门前。我跟着往里走的时候被拦住了。是的，我应该在外面等。手术室工作的老同学发来信息，在开会。姐夫有点担心，说是“大手术”。我安慰他“对医院而言，这是个小手术”，我还能说什么呢。姐夫拿片子的时候带来了吃的，告诉我母亲那边还有粥，我想喝粥，我饿了。

母亲呆愣愣地坐在过道里。看到我过来很高兴。随便聊了两句，我便开始喝粥。她则很认真地一五一十地把对门病房里的所有情况一一向我介绍。我一直点头嗯着。不会再像以前一样笑她，大凡在医院待过几次的人就会懂，病人家属也好，病人之间也好，很快就能够彼此熟络，时间一长，几乎再无秘密，甚至成为朋友。医院，除了能帮你治疗身体上的疼痛，还能心理疗养，它会让人变得亲近，友好，恬淡，安详。

老同学发来信息，让我去手术室门口。却因为手机静音没有听到。我再次准备上去的时候，老同学告知："在准备，一直陪在你姐身边。"突然明白自己为什么没有那么慌张了。

真正同学不过一年，却一不小心继续在一个城市待了 5 年，毕业后联系逐年减少，却总在需要的时候适时出现，真好。

母亲竟然趴在旁边的一张小柜上睡着了，她睡得很香。医生们在查房，不停地进进出出，后面带着实习生。偶尔传来叮咚一声，随后是"某某某病床呼叫"，穿着白大褂的护士便会像燕子一样轻盈地穿梭起来。病房内外很安静，所有人说话都轻轻悄悄的，病人无法不安静，家人全被磨了心性，要么抓紧时间打个盹儿，要么发呆，要么凑近去嘘寒问暖。陪伴，是最长情的告白。此刻，你才能真正理解这句话的含义。这样一想，医院，也是个好地方呢。

排　舞

每年放假的前一天下午，大家伙儿会欢聚一堂，举行迎新庆祝文艺汇演，每组一个大节目，种类繁多，花样百出，搞怪频频，可谓八仙过海各显神通。说是各显神通，有时难免也会赶鸭子上架。

这之前的几天，组内成员在紧张的复习间隙，会紧锣密鼓，互相支招。近两年的主旨，趋于两种极端：内涵段子，与职业挂钩，体现时代精神；越搞怪越好，迎新嘛，放假哟。一本正经老夫子了一年，这时候才是最放松的，你几乎要重新认识一些人了。

记得某一年，那时我们还很年轻，大环境里的我们一个个都很羞涩拘谨，一听说要搞活动，大家伙儿首先想到的就是跳舞，那时组里全是俊男靓女，正值青春靓丽，男士西装革履英俊潇洒，女士长裙及地仙气飘飘，往那儿一站，倒都是要啥有啥，很养眼。不记得谁的建议，排了一个交际舞，那是我此生跳得最糟糕的一个舞蹈，我的搭档人高马大，就像牵线木偶，可力气又特别大，排练时因为有事也极少参加。本来都说好的我领着他走，也不知道是不是因为太紧张，总感觉他浑身绷得紧紧的，我就像拽着一根木头，还拽不动。最后几乎是被他拽着瞎转了，我只能暗地里庆幸，个子高，基本上是排在最后，大家伙儿应该也少有注意到。但那份窘迫与紧张至今都记忆犹新，一定是红光满脸，都成血钵头了。

某年的小天鹅舞没把大家给笑呆了，稀罕的几个国宝级男同志全集中在一个组了，上身着白色紧的棉毛衫，下面一只蓬蓬的极短的小天鹅的舞裙，一只只大脚板也不知道从哪儿找出来的舞蹈鞋，一出场那舞台效果就已经把全场High翻了，我们笑他们不笑，一本正经地完成了一系列小天鹅的动作，要多笨拙有多笨拙，而又恰恰好的“憨态可掬”，极是萌哒。总之我们台下的那眼泪都不受控制随着欢笑奔涌而出，大家伙儿一边抹眼泪一边大笑一边强睁大眼睛，生怕错过了每一个细节。紧接着旋律一转，姑娘们全扮成绅士的模样，邀请小天鹅们来了一段一本正经的交际舞。那是有史以来最精彩的反串，亦是最难忘的一个节目。

后来也有角色反串，比如嫁新娘。新娘一直是顶着头盖的，大方泼辣让大伙儿直咋舌，红布拉开的瞬间，效果也就出来了，原来是男生客串，怪不得会又肯亲又让抱。

我曾经所在的一个组也有过颇精彩的一个节目——“千手观音”。那个节目排的时间可不短，但大家伙儿积极性都空前高涨，还在复习的中途，就已经开始排了，因为舞蹈动作不是太简单，而且是木偶剧团的一个大咖做的总导演，感觉他比我们都认真，所以都不敢懈怠。一开始一个个漂亮端庄的观音，是那么的优雅温软，后来音乐切换，预示祖国蒸蒸日上的太阳冉冉升起时，中国梦三字喷薄而出，跃出海面。观众还在愣神的时候，切换成了搞笑的画面，一个个疯狂地扭动起来，成了一群疯狂的小鸡。一只公鸡的搞怪加盟，更是把气氛顶到爆。视频一流出去，便有很多的单位来借服装取经，让我们也小得意了一回，虽然夸张的观音服装一穿，台下谁都看不出是谁，但效果的确是杠杠的。

至于这次排的啥节目呢？暂时保密中。此文的缘起是因为昨晚排练太卖劲儿了，大家伙儿戏谑“最感动附小团队”。本人更是浑身是汗，也不知是紧张的还是太卖力了。总之，脱衣服了，现在在流鼻涕，但是一点儿都不后悔哟！

暖

今天应该吃圆子，因为今天冬至，“大冬圆子小冬饭”，古而有之。随着年岁增加，这种怀旧沿袭传统的心思益发浓了重了，我怕今天不吃一个圆子，会抱憾到明年冬至。

昨晚上看空间晒的各式圆子，兴致盎然地研究各式形状及馅儿时，蓦然惊觉：哇——哦——，明天过冬哎，可我没买圆子。看看万年历上的时间：9 点 45 分，瞬间泪崩——夸张。遗憾是真的，忍不住在空间上感慨一下：忘买汤圆儿了，有友赶紧留言：无妨，明天买，晚上吃。也有留话的：到我家来吃。真的假的不管，小心肝舒展了。

蓦地，手机叮咚一声，瞟一眼，原来是一友发现了我空间的信口胡诌，很好心地想要送圆子给我。几乎不假思索地拒绝了，多不好意思啊，谁家会多买多做呢？况且我明天可以买呀！友旋即发来尴尬的表情，告诉我，家里做的，好多，都准备冷冻了的，让我尝尝手艺。我有些凌乱，真不忍拒绝呢！再拒绝是不是就矫情？一向还算果敢的自己，在友诚恳地表示准备送过来之时，赶紧改口自己去取。

哪里拎的是汤圆啊？厚重的友情，在这个冬至的前夜，格外的温暖。

回家后迫不及待地打开袋子，完全怔住：好大的圆子，个个体型彪悍，把我的拳头揉成圆形，定还要大上一圈。从小到大，几时看过这般泰斗级的？虽然还算圆溜，可不光滑，友已经提醒过了，是叠的，就是不用手搓的那种，放在箩筛里面转转转，颠颠颠的那种。忍不住想起若干年前，一对老夫妻，把洗好的鱼递给我时，年轻实诚的自己坚决地拒绝，竟害得老人眼泪汪汪，让自己很不心安了一段时间。后来有一次，竟又送我圆子，收了，不敢再推辞。也说是叠的，还好心情地把做法说给我听。“最温暖的记忆总与食物有关”，原来我的生命中，不管是相熟的还是不很熟的朋友，总带给我这样美好的记忆呀！

早上依旧起得很早，嘱咐母亲别忘了下圆子吃。老人，应该更在意这些传统节日吧！

圆子大得破了纪录，笨啦，没有取深的汤锅，炒菜的锅放满了水，竟然都无法把淹下去，“多大的圆子啊！”母亲在旁边惊叹，并赶紧换了锅。烧煮了半个小时，也算是破了历史吧！兴致勃勃地盛起一个放到碗里，连声说着好吃，甜，有韧性。

啊呀，这个冬至的圆子，温暖的圆子！

做蒿团

01

怎么提到做蒿团的，我竟然忘记了。

总之，我兴奋地借了蒸笼，满怀期待——首先我想真正地把那个像艾不是艾的蒿从书本中拽到泥土里，再掐下来。然后呢，我在等待总指挥，我们都在等待。

早在几天前，士心突然大声宣布：作家，这个星期日下午去你家做蒿团。几个瓜瓢立即凑到了一块儿，七嘴八舌，满脸满眼地放光，雀跃的心宛若孩童。

“蒿草到底什么样子的？带我们去掐吗？”

“学校里就有，随时可以带你们去。”

“一定要带我们一起掐哦，我们都不认识呢！”

“像艾，艾有味，蒿没有。”

“那可不可以用艾来做？”

“不行，艾苦的。”

“做甜的？”

“不，这次做咸的，咸的也很好吃。”

“弄香菇、肉丁、笋子吗？”

“不能用香菇，味重，会冲淡蒿草的香。”

……

一个个问题冒泡一样滚出来，士心倒也耐心，一一作答。

02

窗外的雨不小，在松针间穿行，滑落，挂成晶亮亮的露珠。我听着活泼泼的雨声，看着雨水那成串成帘欢快的身姿，却不担心蒿儿团吃不成。真的，如果想做，再大的雨又如何？

很多时候我们都喜欢说一个“等”字，不惑之年，“等到退休后——”几乎成了口头禅，似乎退休就是一个里程碑，可以有足够的闲暇去做所有想做的事情，去做很多年轻时候没有来得及或没有做成的事情。

我们也这样地在等，我们还计划退休后抱团养老，互相照应。可身边越来越多的同龄人的故事告诉我们，可能没有以后也没有退休……于是，几个还算反应不很迟钝的老家伙一拍即合：下班之后一起散散步，给跑得最慢的最少的点赞；一起买花养草，怡养心性美丽眼睛；互相推荐好看的书，好听的歌；各带各菜，各自施展自己的看家本领，一起做饭；偶尔还会一起把不很远的路硬是靠导航，变成一次“远游”……还有，还有啊，一起做蒿儿团，好期待啊！

03

开始准备食材的时候，不到一点，下着小雨，开始去挑蒿草的时候，接近一点半，雨哗哗响。我们计划着要不要换鞋讨论着用剪刀还是小刀，我们说说笑笑戏谑自嘲调侃，我们撑着伞去挑蒿草，我们在雨里摆 Poss 拍照，我们凑在一起笑得阳光灿烂，衰老的可以是容颜永远年轻的可以是心境，在这个周末的雨中，我们忆起了学生时期的集体活动……

蒿草放在瓷白的桌上的时候，格外的鲜嫩，这是我看到的最美的色彩和最新鲜的食材，新鲜的冬笋是乳白的，发开的木耳是黑的，肉渣黄灿灿的……大家洗的洗，切的切，焯的焯，分工合作的结果就是互相吹捧，士心焯蒿草的时候，我被浓郁的清香气息吸引住了，忍不住舀起一勺，偷偷喝了下去，真香啊，我吧嗒嘴巴。更多的时候，我在拍她们忙碌的身影。

多拍点哦，把我们做的每个动作都拍下来。

“行，看我，看我。”

“手中不要停下来呀！”

“快点，拍她，拍她！”

“作家，要不要帮你拍两张？”

“可我忙着拍照，什么都没有做呀！”

“摆拍呗，哈哈哈——”

嘴巴里说着一个个手上可都没有闲着，很快蒿团坯子成功，看起来绿莹莹的，很诱人呢！馅儿也剁好，那三个忙碌着的，却都不肯放盐，生怕咸了淡了，掌握不好。无知者无畏，我勇挑重担，抓起勺子就舀，估摸着抖了两下下，笑说：“咸了咸吃，淡了淡吃，不许怪我。”“不怪你，不怪你。”预备工作圆满结束。

04

“为什么我的有裂缝啊？”

“到底应该做成圆的还是高的呀？”

“咦，我怎么搓不起来的？”

“我这个怎么会破的？”

“哎呀，我好像做不起来呢！”

看来老师傅们遇到了新问题，除了士心，那两个家伙问题连篇，我急忙搁下手机，加入到搓捏的队伍中，像模像样地做了起来，俺小时候可是做过馒头搓过圆子的。

大家伙儿越做越像模像样，各执己见做成馒头样、尖头儿样和圆头儿样，看着形态各异的杰作，又是一番打趣欢笑。

水沸了的时候，赶紧上锅蒸，眼见得热气很快弥散开来，蒿团也很快变了颜色，真奇怪呀，一点都不像图片上拍的，几乎不是绿色的。

出乎预料的好吃，由于外形造成的遗憾被吞咽得全无踪影，外皮软糯有嚼头，馅儿的香味打嘴不丢，在舌尖蔓延——真好吃啊！

由于坯子有多，我自告奋勇地碾了芝麻加了红糖做甜馅儿，为了与咸的区分开来，一个个做得精致小巧。

心满意足地吃饱喝足，满心欢喜地装袋带回家，让家中的那个人分享。捷报频传，还建议多搞这样的活动。

好耶！

时间飞快，岁月有情，在变老的路上，记得善待自己。怎样过都是一天，那就好好儿过，让生命里天天都有诗情画意，让普通的日子也浪漫。让自己的笑容成为最灿烂的光芒，活成自己喜欢的模样。

陌上人家——樱桃之旅

要闹多少笑话才可以完成一段旅程？

说不清。踏一路夏光，撒一路欢笑，笑得嘴角都酸了，这段行程还在延续。

行至半路，老周提醒："开导航在！"

"我的没有高德地图！"士心说。

"我不敢开，怕再带错了！"可人说。

"再错也错不过去南通开到海门。"三少说。

"快点，马上不知往哪里开了！"老周催促。

"老周，我不是把地址发给你了吗？"士心提醒。

"我没看到，看到我也不导了。"老周坚定地说。

众人心照不宣，由轻笑到放声笑，老周也笑，笑得有几许心虚。

也是啊，那次起个早，兴致勃勃地去南通看格桑花开，自信满满的老周跟着导航硬是把一车人拉到了海门，后来边咨询边轮着开导航，七绕八绕，把个一小时的路程开到三小时，总算不负众望，乘兴而去，乘兴而归。倒是归途之后始终怀疑是人的问题，还是导航的问题。

可人开了导航递给老周，严肃地要求老周专心开车，不得介入她们的闲扯之中，免得再开错地儿。老周讪讪接过，不语。

一路说说笑笑，路程和时间自然都短了。当导航提“到达目的地”时，四双眼睛齐刷刷地望向窗外：身下是水流汤汤的石桥，四周是苍迈与生机并存的农田，田间小道若隐若现，这“陌上人家”看来不是白叫的，得下车行走么？可是……反正，感觉不对劲儿。

还好，有一农人埋首挥镰在割油菜，士心问了半天，问不出个所以然来。大伙儿你看看我我看看你，全懵了。不会这么巧吧，又走错了？面面相觑，失笑大笑，四周的风声也笑得岔了气。不知谁提醒“看看在，看看有没有联系电话，打电话问问。”“我来加微信！联系电话就是微信号，让他发定位！”

倒车，拨转，继续。

余程目光专注，一律看向窗外。空气中洋溢着春末夏初的淡淡芬芳，一路绿色滴翠，偶尔一丛紫月季，一丛单瓣月季，一丛小蓟，一地的一年蓬，或闲散的叫不上名儿的红的紫的花，都会让几张独一无二的容颜染上明媚的亮色，心情像头顶的阳光一样透亮。感慨就这样一路走下去，也是好的。

“导航提醒已到目的地附近。”老周的提醒让车内霎时静得没了呼吸声，徒留一众探询的目光。路边并无明显标记，跌跌撞撞，在导航几次三番提醒“掉头！掉头！”之后，终于看到了一面红旗，上面写着“陌上人家樱桃园，由此向前！”

车子在七嘴八舌中蜗行，生怕压了路两侧的油菜籽儿，更怕一个不小心车轮滑下去。老周在表扬与赞美声中把车开向目的地。

“啊！樱桃！樱桃啊！”点点殷红终于点燃了四双渴望的眼睛。

被点燃的还有欢腾的心，随着脚步，全飞上了枝头。

这是怎样的色彩啊，鲜红的，火焰红的，泛着亮光，串串的，累累的，簇拥着，一嘟噜一嘟噜地或垂或举，在阳光下泛着亮光。即便在叠叠的叶片下方，阳光照射不到的阴影里，小樱桃也开心地挤在一起，笑着，闹着，散发着热烈的光芒。仿佛刚刚出浴，随时都能滴出水来，金灿灿，红艳艳，亮晶晶，水汪汪的，琥珀一般晶莹，玛瑙一般润泽，钻石一般透亮，只是看着，就已醉了眉眼，甜了心扉。

从叶子的罅隙中透过的阳光斑斑驳驳地照射在三少的脸上，忽明忽暗，仿佛点了油彩。老周建议拍照。于是，大家伙儿在惊叹声中频频举起手机，拍，拍，拍；拍，拍，拍。

“吃吧，吃吧，园主说可以敞开吃哦。”不知道是谁发出的声音，勾起了蛰伏的馋虫，抢着再拍了几张，顺手采下便一个一个往嘴巴里送。哎呀，有的甜津津的，软软的；有的酸酸甜甜，也不错；有的酸得人眉头直锁，想流口水。不得不审慎地虎视眈眈地苛刻地东挑西选了。这一看不打紧，这樱桃的风姿和色彩大相径庭，有的小如豌豆粒，有的大如玻璃球，有的圆溜溜的，有的像蘑菇，有的傻傻地笑咧了嘴，根本就没有注意到被毁的形象：一张嘴把整个脸一分为二，一张脸两张大嘴，还有兔子一般三瓣嘴的。触手可及的累累果实挑花了眼，反正一会儿甜，一会儿酸，研究出的规律根本不成规律，和车厘子的感觉完全不一样，不硬，特别软，没有那么蜜果鲜甜，但很鲜嫩。最主要的是，三四好友，绿色丛中穿梭的身影和惊艳；大片闪亮的红，宝石般的；和着亲手采摘的欢愉直抵心里。

吃到吃不出滋味的时候，又开始拍拍拍，拍拍拍，不仅去拍樱桃，还拍眼前熟悉的身影，拍彼此贪吃的俏模样，拍彼此拍樱桃的样子，也拍彼此的作秀，还一起作秀。

小土豆儿也不安分，一不留神挣脱了老周的束缚，撒开四蹄在樱桃树下追赶悠闲觅食的鸡群，而老周只能低着头，矮着身子紧追不舍，一任樱桃映红了脸颊，一任身后洒下笑声串串……

第六辑 做自己的诗行

蘸着冬天素素的冷，静心写下一行行梅色雪韵。写不出诗我就是诗，走进大自然我就是一朵花，读一本好书我就是寓言……

我爱漂亮

“画个淡妆，把自己打扮得漂漂亮亮！不羡慕谁，不依赖谁，做自己的女王！……”哈，是不是挺好？

从小就喜欢漂亮。女孩子爱臭美似乎是天性，于是会剪童花头，留长发，扎马尾辫，没有蝴蝶结也无妨，各式发绳总是有的。

小时候画的最大的也是唯一的妆就是染指甲，用自家田地里长出的指甲花(音蓬酱花)，用爷爷水烟台里面的水，混合，捣烂，点上一点盐，让奶奶用一块布捆绑得严严实实，坚持一个星期，指甲就会变色，不是豆蔻红，黄里透着红的那种，连手指头都变了色，每日介有事无事总会把手伸到眼前看，自会臭美一段时间。

没有多少新衣服，母亲倒也民主，扯布的时候会带上我们，选择花纹会征求意见。可我从小就不喜欢那些繁花似锦的布料，记得还是上初中的时候，自己选了一套紫色的，让裁缝按照我的要求做了大的白色的铜盆领。还有一条裤子，最最普通的藏青蓝，我要求镶了红白蓝的两条。应该闪亮了不少眼睛吧，因为有伙伴告诉我，有人小声说“妖精！”哈哈哈！

年轻人接受新事物总是快，连着装也是的。出外求学的那几年，衣服大抵都是自己买的，一宿舍几人，大家一起帮着选，反而缺了主见，最记得一件红的风衣，买是买了却不爱穿，现在才明白，那不是自己的风格。

年轻的时候是不需要化妆的，青春就是最美最靓的容颜，偶尔被怂恿着点上一点同寝室的口红，却不会自在。

工作的头几年，年轻人极少，穿着学生时购置的衣物，总觉得那些老女人的眼光怪怪的，终于有一天一位女老板摸摸我的衣服，跟我说：你这件衣服，像个花蝴蝶。她的脸上没有一丝笑意。然后很多很多年，在这个“一切为了工作，放弃所有”的单位，为了不被末位淘汰，我穿很灰暗的衣服，很勤恳地工作，又尽量让所有人都看不到自己。然后呢，某一天追了我很多很多年的一个男生，寻到我时，用非常异样的目光看着我，他说：你的变化真大，我都不认识你了。我回家对着镜子照了半天，看到镜中脸色晦暗的自己，也感觉很陌生。

这位追求者再也没有来找过我。受到刺激的我，后来会在节假日，偶尔拿起那些装柜的衣服，逛街。时间一久，又忘了。

当我听说防晒霜的时候，我已经 38 岁了。当最好的朋友送给我一套护肤品，并手把手教我的时候，我瞠目结舌，那些水啊、乳的搅得我头昏脑涨，我觉得我还是适合那些孩儿面。

好吧，后来有了香水，我不用。再后来有了面膜，我也不用。那些成套的化妆品，我觉得是一种浪费。我会很多很多年都不买衣服，或者只有过年的时候才会让自己添件新衣。我觉得顺理成章，挺好。

再然后，再后来……我突然发现自己老了，连手臂上都有了斑点，我觉得我的日子每天都是灰暗的，我把自己给弄丢了。“交流、调配”，一次翻天覆地的改革，我的生活也经历了翻天覆地，很多股风交织在一起的时候，就会爆炸，就会有重生……

那是几个年轻活泼的姑娘，她们整整小了我 10 岁以上，她们阳光开朗活泼，她们善良热情自信，谢天谢地，她们喜欢我。她们拉着灰头土脸的我逛街，她们软磨硬泡，“逼”着我买她们挑选的衣服，她们会对我说：不要睬他！她们的笑声放肆而欢快……所有的变革，都有其双面性，现在想来，我仍然表示感谢。

我在最低谷的时候，反而慢慢做了回自己，游走在尘世间，从简单的做饭做菜到读书写字的精神锤炼，从装饰小屋的一花一草到自己中意的衣服，我都开始用心。“我还没有来得及年轻，但我想认真地老去”，我突然开始明白人来这一世的意义——我们该为自己活着。心存感激，该吃的苦认真吃，该享的福尽力享，寻找自己存在的意义。

当你用审美的眼光去看这个世界时，一切都不再一样。我爱上了新衣，我还会买各式围巾和各种小饰品来搭配，不肯降低自己的标准。我爱上了拍照，我不再嘲讽那些被修饰过的“照骗”，纯粹地用欣赏艺术灵韵之美的目光去享受。是的，享受。

我爱上了一切美好与温馨，我欣赏所有乐观积极，拼搏进取的人生态度和价值取向。做自己喜欢的，而且做得很欢喜。就算学着做一样菜，也要努力做出色香味，就算失败，亦无悔。无论多忙多累，可以平庸，但要存留美好的气息。窗口的三寸月光，漫天飞舞的雪花，苍茫之中的一抹红，春天早发的一丝绿，夏天楼道口的一缕风，秋天郊外的小野果，一朵素花，一杯清茶，一本薄书……每一天都是崭新的，我的快乐很简单，活成了自己想要的模样。

真的，重要的不是你在做什么，而是你保有的是什么，你的初心，骨子里的东西，可以看似简单卑微，也可以很快乐高贵。内心修养是一辈子的事，如果能够内外兼修，愉人悦己，何乐不为？

籁

“籁”，本指古代的管乐器箫，现泛指各种自然音响，因其声音所出的不同，有天籁、地籁、人籁之分。

晨间听群里向日葵的朗诵，字正腔圆、清透自然，声音的感受是真切的，美的感受也是真切的。忍不住拎起自己写的一首小诗，装模作样地吟咏了一番，打开录音一听，气息不匀，拿腔捏调，不好听呢，哈哈，不是所有的朗诵都宛如天籁。这样清醒地意识到之后，突然很想写写声音——籁。

《庄子 · 齐物论》云：“女闻人籁而未闻地籁，女闻地籁而未闻天籁夫！”故而，天籁，自然界的各种声响，如风声、鸟声、流水声等，浑然天成，当属声之首了。

早先在乡下长大，没有灯红酒绿、车马喧嚣，一天在鸡啼猪哼，大人呼小娃哭中拉开帷幕，白日里布谷阵阵、蝉噪蜂喧；锅碗瓢盆、各种农具丁当有声；又在犬吠蛙鸣、大人呼小娃叫中谢幕。阒黑的四野，灯光如豆，辽远的虫叫，便在这最接地气最原始的妙音里陆续入梦了。

工作，入住小城，天气晴好的日子，最爱听鸲鹏喈喈，乌鸫和鸣，衔起晨光，唤醒你，想共你分享。推开窗，枝动叶摇，在晨风中“沙沙沙”“扑簌簌”吟咏着柔美的诗篇，以这样欢快而急切的天籁之音开启美妙的一天。

风是最会发声的，不拘时节，任性地跟着季节和情绪，只顾自己尽兴。心情好的时候，轻柔地抚着你的脸，在你耳边喃喃地唱，妖娆地舞，和着芳香的空气，宛若母亲夏夜的轻歌，几乎要哄你睡着了；当风委屈时，或嘶哑饮泣，或抽抽搭搭，或呜呜咽咽，直撩得人的心绪灰暗；狂暴失控的风，哗然作声，无章无序，声嘶力竭，威慑着万物的呼吸和心跳，不可一世。

雨弹着专属的无弦琴，带着高冷从天际临幸大地，有淅淅沥沥的缠绵，有黄钟大吕的高妙，有大珠小珠滚玉盘的神奇，更有风雨交加的威风与狂野。不晴的日子，若有雨，赖在床上静静地聆听那雨打窗棂，雨敲芭蕉，雨滴伞面，雨落河床的天之籁，真是莫大的享受。

水声是最纯净的。山泉叮咚成韵，泠泠作响，一幅温柔到老的样子。溪流淙淙，空灵清越，永远清清爽爽。飞瀑更是龙吟狮吼，万道细流汇于空谷，雄浑如铜管齐鸣。轻重缓急，远近高低，仿佛被一支看不见的指挥棒，编织成一曲奇妙的交响乐。

自然界的各种天籁，常令我侧耳聆听，如汩汩清泉濯洗心田，冲走尘埃，留下遐思，供我品味。

清代方文《宋遗民咏 · 吴子昭雯》云："尤喜诗与歌，声出似天籁。"字本无声，经诵读者和歌者生动形象的演绎，衍生出的故事和情绪，声调和音色的诠释调和，直入人心，似天籁，亦可胜天籁了。

一个人的辰光，无论是拥被而卧，还是漫步田园，或赏听天籁之声，烟火梵音，或品文听歌，清音袅袅，总能褪去我一身的疲劳，平息我内心的烦躁，令我安然，怡然。

忍不住想，倘若这世界缺了声音，会是什么样子？没有了莺歌鸫语的婉转啼鸣，没有了蝈蝈蛐蛐的吹拉弹奏，没有了河水哗哗啦啦的演奏，没有了花开叶落的歌唱……甚至没有了孩童响亮的啼哭，没有了父母长辈的教导与训斥，没有了欢声笑语，没有了声情并茂的朗诵，没有了慷慨激昂的国歌，没有了施特劳斯的圆舞曲，没有了海顿的交响曲，这个世界会是怎样的黯然失色？即使郁郁葱葱的地球也终将因空旷寂寥而不复活力，因无声无息而单调乏味……神奇的造物主啊，让这个光怪陆离五彩缤纷的世界，因为有了声音而更加饱满充实，更加生机蓬勃！

有美一人，清扬婉兮

我从不敢以梅自居，至多山野一株小野花。但爱梅的心，从不曾淡，蜡梅，蕊寒香冷，婉转静美；春梅，玲珑雅致，活色生香。梅者，香了无数看客，醉了几多文人，我最喜读的当属林和靖的《山园小梅》：

众芳摇落独暄妍，占尽风情向小园。疏影横斜水清浅，暗香浮动月黄昏。

林和靖，北宋诗人，隐居在杭州西湖的孤山梅岭，一生不曾娶妻，爱梅成癖，与梅厮守，加之他喜养白鹤，放之湖中，所以有“梅妻鹤子”之称，是位肃然自适，超然物外的高士。他写了很多歌颂梅花的诗歌，传颂甚广的当属这首《山园小梅》，上句侧重写形，“疏影横斜水清浅”，在你的眼前自然彰显出诗意的画面：稀疏的梅枝，斜卧在碧水之上，水映着梅影，梅映着清水，二者相互交融，相映成趣。下句“暗香浮动月黄昏”既是写梅香，又是在写如梦似幻的朦胧月色之下的梅影，身姿模糊，暗香不断，萦绕于鼻息。这两句画面感极强，读的是诗，眼前已然映现的是画。而其中的“疏影横斜水清浅，暗香浮动月黄昏。”是我最爱的意境。

至于“众芳摇落独暄妍，占尽风情向小园。”与唐代诗人元稹的《菊花》“不是花中偏爱菊，此花开尽更无花。”的用笔颇为相似，道出爱之缘由又不一语说尽，留下想象的空间让人回味咀嚼，极富情韵。

宋代王安石的《咏梅》意韵深远，语句朴素，有种自然去雕琢的清雅：

墙角数枝梅，凌寒独自开。遥知不是雪，为有暗香来。

梅生墙角，不引人注目，不易为人所知，也不在乎他人的目光，兀自凌寒而开。诗人嗅觉灵敏，独具慧眼，知那远远望去纯净洁白的不是雪而是梅，因为那丝丝缕缕，似有还无的清幽香气。

小城红梅粉梅居多，白梅者甚少。因了王安石的这首《咏梅》，我曾犄角旮旯遍寻不得，却在去岁无锡梅园无意邂逅，还有罕见绿梅，流韵胜雪，雪有冰清玉洁，终究输了梅的“一段香”。

写至此处，卢梅坡的《雪梅》竟又飘落案头：

梅雪争春未肯降，骚人搁笔费评章。梅须逊雪三分白，雪却输梅一段香。

梅有“暗香”胜雪，终也逊了雪的“三分白”，这首诗端的公正，既有情趣，亦有理趣：寸有所长，尺有所短，要有自知；取人之长，补己之短，才是王道。

南宋陆游的《卜算子·咏梅》让人怜惜，敬佩。

驿外断桥边，寂寞开无主。已是黄昏独自愁，更著风和雨。

无意苦争春，一任群芳妒。零落成泥碾作尘，只有香如故。

梅花清幽绝俗，开在郊野的驿站外面，破败不堪的断桥边，是多么的寂寥荒凉。“寂寞开无主”，景语亦是情语了。有美一人，清扬婉兮，不经世事，不染红尘，生死荣枯全凭自己，“已是黄昏独自愁”“更著风和雨”，是多么让人怜惜。

梅花生于世，无意于炫耀自己，不与百花争春色，寂然于冰天雪地里，但是这样仍摆脱不了百花的嫉妒，可能会被认为“自命清高”，正像“无意苦争春”一样，“一任群芳妒”，走自己的路，让别人去说吧！堪怜而不自怜，“零落成泥碾作尘，只有香如故。”只求自身的纯洁与安宁，即使落花委地，化作尘土，香气一样永驻人间。

古人咏梅，多有清高寡和，离群索居的孤芳自赏。毛泽东主席的这阕词《卜算子·咏梅》则是另一番风味儿：

风雨送春归，飞雪迎春到。已是悬崖百丈冰，犹有花枝俏。

俏也不争春，只把春来报。待到山花烂漫时，她在丛中笑。

年复一年，风雨送春归去，但漫天大雪又将春天迎了回来，哪怕悬崖峭壁上结下百丈冰凌，面对如此盛大寒冷的冬景，梅花仍然一枝独秀，傲然挺拔。它虽俏丽但不掠春之美，甘做一名春的使者，送来春的讯息。而当寒冬逝去，春光撒遍山川原野的时候，却又独自隐逸在万花丛中，发出欣慰的欢笑。

这里的梅是喜悦者、自信者、胜利者，一扫过去文人那种哀怨、颓唐、隐逸之气，谦逊脱俗、豁达大度、默默奉献的形象，令人叹为观止，不得不服。

重温经典《人鬼情未了》

当 *Unchained Melody* 的音乐响起，我脑海中总会情不自禁地映现同一个画面：女主人公美莉端坐桌前制作陶罐，修长灵活的手指在泥陶上划过，男朋友萨姆从后面轻轻拥住美莉，下巴紧贴她的左肩，跟着她一起双手鱼般游走于陶，优雅，舒缓而又流畅。萨姆的眼睛如月光下的海水一样明净，他看着她，眼神温柔，专注，他的笑容澄澈。她闭上眼，尽情享受这份涌自心底里的爱与安宁……

这是我所见到的关于爱情的最美好的诠释，画面唯美而又浪漫。男女主人公不着一言，但那会心的笑，深情的凝望以及沾满陶泥的双手，会让我觉得爱情就应该是这样子的，宛如夜空幽蓝下的舞蹈，恰似冬日里蜡梅的绽放——清冽、干净、美好。我突然就成了一个隐形的舞者，随着 *Unchained Melody* 奔放的旋律，飞舞，飞舞……

我是如此地喜欢着电影《人鬼情未了》开篇里的这一幕，且经年不朽，回味一次，深爱一次。就像品味陈年佳酿，闻一闻，嗅一嗅，不喝，也是醉了。那丝丝缕缕的暗香，透过记忆，透过 *Unchained Melody*，慢慢游走于身体的每一个部位，如爱人的手，最深情最轻柔的抚摸。

所有感人至深的爱情剧似乎都是这样狗血，相爱至深的两人欢快地进行着结婚前的准备……暴风雨很快降临。一天晚上，萨姆和美莉看戏归来时，遭到了歹徒的抢劫。在搏斗中萨姆中枪身亡，美莉悲痛欲绝，我也泪洒录像厅。

第一次观看这部电影，已是20多年前的事啦！上师范的某一个周末，学校组织的一个活动，全班同学一起，我听到很多人都哭得稀里哗啦！而我后来每看一次，都哭得昏天黑地。

清楚地记得萨姆的魂魄从自己的尸体上慢慢飘起，他成了一个幽灵，惊恐地看着躺在地上的自己和哭得死去活来的美莉，他很想去安抚她，很想把她拥在怀里，可却无能为力。

萨姆的幽灵每天跟在美莉的左右，做到了阴阳两隔的不离不弃，可他眼睁睁地看着美莉，痛着她的痛，却无法让心爱感觉到自己，他自责，伤心……唉，就说嘛，陪伴是最长情的告白。我们活着的每一个呀，都应该好好地对自己，这是对自己的所爱最好的表达吧！

萨姆的好朋友卡尔在美莉最悲痛无助的时候，适时地给了美莉很多的帮助——精神和生活的安抚。萨姆非常生气，忧郁，迷茫……我开始以为这是嫉妒，无法眼睁睁地看着自己的所爱，跟别人卿卿我我。随着剧情的深入，终于明白，原来卡尔竟然是导致萨姆死亡的主谋，为了窃取银行里的巨款，他想要获得萨姆所掌握的密码，对美莉展开的追求也是有目的的……

看到这里，我听到瓷碎一地的声音，真希望萨姆能够活过来呀！

如我所愿，萨姆渐渐地学会了如何使用力量。他常常伴于美莉的身侧，时刻保护着她，但却无法交流。为了制止卡尔的阴谋，萨姆找到了一位能与幽灵沟通的灵媒奥塔，并通过她与美莉取得联系。起初美莉并不相信，但从灵媒奥塔嘴里吐露出的只属于她和萨姆两人之间的爱的细节，终于让她感受到了萨姆的存在。深深相爱却无法直接接触和交流，这是怎样的痛呀！

为了保护美莉，惩罚凶手，萨姆展开了报复。他取出了被卡尔窃取的巨款，使卡尔的几个手下遭到报应。气急败坏的卡尔想要伤害美莉，幸亏奥塔和萨姆及时赶到……

故事的结局：卡尔灭亡，萨姆获胜。这真的是完美的结局吗？完成了心愿的萨姆终将前往天堂。天可怜见，在消失之前，美莉终于见到了显出身形的萨姆，两人紧紧地相拥。真希望此刻能够长留，成为永远。

Unchained Melody 再次响起，那些音符像山谷中的幽兰，像雨夜的百合，像晨风中的丁香……摇曳，空灵，回荡。他望着她，她望着他……萨姆还是离开了，披着金光的他渐渐消弭，去向了天堂。他消失于她的眼睛，却住进她的心里……

这是影片里我喜欢的另一个镜头，即使知道这部电影只是科幻，但镜头里呈现的意境以及音乐，那份唯美，我抓在手心，自问放不下。好想问问美莉：你放下了吗？今后的你是不是真的会很坚强？好想问萨姆：你放心了吗？你真的不担心她今后一个人孤寂的生活？

哈哈，这只是一个故事，一个关于生死恋的故事，它不存在人世间，它只存在于影视剧里，存在于人们的理想中。但是，我在重复听 *Unchained Melody* 的时候，却笃定地相信，这世间，真的会有一份情，叫作生死相依，此生不渝，就如开篇那样……

娶妻当娶薛宝钗

幼时读《红楼梦》，从连环画到小说，观影《红楼梦》，像读每一篇文观每一部剧一样，毫无原则地向着女一号，她流泪你流泪，她欢笑你跳跃，哪里是在读书，分明入了戏动了情。林黛玉容颜娇秀，聪明绝顶，坚贞纯情，才学横溢，敏感多情、多愁善感……当时当地，对之爱怜有加，满满的悲悯同情。

当宝黛二人的爱情最后遭到毁灭时，黛玉以生命相殉。这种爱情是怎样的至诚至坚，至纯至圣，感天地，泣鬼神，动人肺腑，撼人心灵！多少人为她洒下同情、痛惜和悲愤之泪！尤其那一句"宝玉，宝玉，你好——"留下千载不消的遗恨，更是令得我柔肠寸断，泪如滂沱，失声大哭，这样一位"两弯似蹙非蹙眷烟眉，一双似喜非喜含情目，态生两靥之愁，娇袭一身之病，娴静时如娇花照水，行动处似弱柳扶风，心姣比干多一处病如西子胜三分"的女子，怎不让你又爱又怜，柔肠百转呢？

喜欢黛玉，莫过于当时还有一颗泛滥的"为赋新词强说愁"的少女心，黛玉具有清新脱俗的气质和独特的悲剧性格。悲剧，更能激起"千红一哭，万艳同悲"的效果。师范时老师的一句"悲剧，就是把美破坏给人看"，倒真是入耳入心入肺了。真正的悲剧总是动人心魄的，越是期盼渴望完美结局，一旦被破坏被毁灭，其悲剧效果就越强烈，蚀魂噬骨，感人肺腑。

林黛玉是来这一遭的目的便为还泪，注定这就是个悲剧的脚本了。命运对她太残酷：少年丧母，不久丧父，孤苦伶仃地寄人篱下，察言观色，长期寄居在复杂的贾府。这样一个“袅袅婷婷的女儿”，“神仙似的妹妹”心思缜密，因爱生妒生怨痴泪，即使巧舌如簧，哪怕略显尖酸刻薄，总是让人怜惜有加，且无比理解加同情的。

再说薛宝钗，她容貌丰美，举止娴雅，博学多才，通达了悟，作为青春少女也具有热情活泼善良的一面，追求美好的爱情，喜爱贾宝玉……可在当时当地，却极为生厌，觉得她世故，城府太深，八面玲珑。更觉因她生拆了宝黛，破坏了一桩美好姻缘，将她生生读成了反面角色。

时下再看，宝钗所坚守的乃是“人谓藏愚，自云守拙”的一套行事准则；她“无为而治”的管理方法把大观园治理得井井有条；还很照顾弱者的感受，她出钱出物为史湘云设东摆螃蟹宴，解决了湘云贫寒、势单却要请客的困难；她照顾命运坎坷的香菱，使香菱免受欺负；她暗中帮助家境贫寒的岫烟，一针一线地为她着想；连猜忌她的林黛玉她都用心教导，使黛玉都不禁对她“心下暗伏”……

黛玉呢？进荣府以后，贾母万般怜爱，寝食起居，一如贾宝玉。二人亲密友爱，日则同行同坐，夜则同息同止，真是言和意顺。不想忽然来了一个薛宝钗，比林黛玉大得下人之心。因此林黛玉心中便有些悒郁不忿之意，似乎见不得别人的优秀和比她的好。她太过敏感。周瑞家的送宫花，最后送到她那里，她便疑心是别人挑剩下的才给她；一天夜晚，她叫怡红院的门，晴雯偏偏没听出是她的声音，拒不开门，并说“二爷吩咐的，一概不许放人进来呢！”把个黛玉气得怔在门外，欲要发作，又想：“虽说是舅母家，如同自己家一样，到底是客边。如今父母双亡，无依无靠，现在他家依栖，若是认真怄气，也觉没趣。”正在伤心垂泪之时，又听见宝玉宝钗的笑语声，越发动了气，“越想越觉伤感；便也不顾苍台露冷，花径风寒，独立墙角边花荫之下，悲悲切切，呜咽起来。”一日她卧病在床，听到园子里的老婆子骂人，——实则是骂她的外孙女儿——黛玉却认为是在骂己，竟气得昏厥过去。别人开一句玩笑，她认为是对自己的轻侮。更甭说牵扯个宝玉便含沙射影连讽带讥，她确是个“小性儿”，甚至有些“病态”……

不管如何设身处地，现时下，终究觉得黛玉太过敏感，与她相处，是否也得小心翼翼？现实生活中，这样的伊人身侧会否太累？读书增长智慧，读书的意义在于思考，因为最终我们都要找到自己：做人可做林黛玉，娶妻当娶薛宝钗！

没文化，太可怕

7月就像沙漏里的沙，一点点一点点地滑落，晨昏颠倒间，8月来到。看着空间中多少的“7月再见，8月你好”，蓦然惊觉，我还不曾跟7月说再见，8月就已经来到了。

来就来了吧，我留不住7月的脚步，就像无法止住一往无前的水流，那就不回头，向前走，问安8月！

于是乎，8月的这第一个上午，倚在沙发上静静地读一本书，读得着实不是有点儿吃力，得一边读文一边看注释，真是汗颜啊，而且前面读后面忘，有时要读几遍，有时要回读。不曾想翻开两页后，闯入视野的恰恰就是一篇《七月》，看来，不和七月道个别还真不行。

才看一句，眼睁大睁，背脊处凉风嗖嗖，额头冷汗涔涔——没文化，太可怕。“七月流火，九月授衣。一之日觱发，二之日栗烈。无衣无褐，何以卒岁……”7月22日交大伏那天，写一段文字时，脑海中就蹦出了“七月流火”这个词儿，毫不犹豫地觉得这个词儿应该是用来形容暑热的，后来还忍不住把那篇写热的文字更名为《七月流火》。Oh，My God！“流火：流，向下行。火：星名，亦称大火。每年夏历六月此星出现于正南方，位置最高，七月以后就偏西向下，所以称‘流火’。”哈，哈哈，哈哈哈，这“七月流火”感情是说七月一颗火星向西落。这“流火”哪里是指热得火烧火燎，分明指的是一颗星星啊！不对不对，9 月授衣，怎么 9 月里就叫人缝寒衣呢？

刨根问底的劲儿一上来就开始七查八究了，长见识了：《诗经》中的“七月流火”描写的是将近 4000 年前的景象……那时候的“七月”大致相当于今天的公历的八九月。应该理解为大火（星名）向西方移动，寒冷的季节就快要来到了。这“七月流火”非但不是指炎热的天气，反而是指天气逐渐转凉。呆了半天，有些懵了。“七月流火”现在分明已经被当作酷暑且被用得轰轰烈烈啊！

是不是应该继续将错就错呢？

忍不住想起上一次群聊里，有人谈及“天要下雨娘要嫁”这一俗语中的“娘要嫁”，惯常思维中我们都认为这里的娘是母亲，并且有人讲了一个生动的故事：

古时一书生朱耀宗，进京赶考喜中状元。皇上见他才华横溢，一表人才，便将他招为驸马。衣锦还乡前，驸马请求皇上为他多年守寡一直不嫁的母亲树立贞节牌坊。皇上准了。

朱耀宗日夜兼程，回到家中，当说起树立贞节牌坊一事后，原本欢天喜地的朱母瞬间石化。原来，其母陈秀英，见儿子聪明好学，特意聘请有名的秀才张文举执教家中。朝夕相处，二人互相倾慕，已商定白首偕老。

左右为难之际，朱母长叹一声：“那就听天由命吧。”随手解下身上的罗裙说：“明天你替我把裙子洗干净，一天一夜晒干，如果裙子晒干，我便答应不改嫁；如果裙子不干，天意如此，你也就不用再阻拦了。”朱耀宗点头应允。谁知当夜阴云密布，天明下起暴雨……

“天意不可违！”朱耀宗只得将母亲和恩师的婚事如实报告皇上，请皇上治罪。皇上连连称奇，降道御旨：“不知者不怪罪，天作之合，由她去吧。”

看起来这娘是娘亲无疑了。偏偏一次跟糖糖交流的时候，他很认真地告诉我，这里的“娘”指姑娘，少女，还引经据典，什么“天要下雨”乃自然之理，必然之势；母亲是已嫁之人，难道还非得再嫁、改嫁不可？“男大当婚，女大当嫁。”“女大不中留，留来留去留成仇”。姑娘嫁人合乎天理人道，与“天要下雨”并列，有逻辑上的相似点，两者合在一起，呈现必然之势。为怕我不懂，还列举：新娘，船娘，武媚娘，杜十娘……全指姑娘，让我不佩服都不行。

有学问就是不同啊！

眼前的文字给了我一记猛击，书越读越汗颜，发现不少曾经的以为都是一知半解，甚至就是谬误。年轻时读书多为走马观花，囫囵吞枣。昨日之日不可留，明日之日未可知。从现在起，认真吃茶读书，认真听雨赏花。

因缘而起，因念而生

——我眼下心中的定慧禅寺

天的尽头晓月翻阅着淡淡蓝的穹宇，端详着依然深睡着的小城。内外城河的水在微风的吹拂下漾着细波淡纹。倒映的观音塔在如约而至的晨光中一如既往地庄严肃穆。定慧禅寺西侧楼宇屋檐下金色的滴水在晨光里熠熠生辉。而我，一个如师附小的“孩子王”，又一次静静站在桥边，看禅寺的庄严，听梵音的轻唱。

都说“近水楼台先得月”。上天对我很眷顾，中国弘扬三大传统文化的地界儿，倒让我沾染了两处，且不说如师附小这个文气十足的庠序之地，顺着大成殿里孔子深邃的目光一路向东，便是一个了不得的去处——定慧禅寺。

每天，定慧禅寺的东北角都是热气腾腾，会有不少人去喝天水茶，或是吃素面素包子。每逢月初月半晚上，寺里的观音塔灯火熠熠，吸引很多市民前来观瞻、拍照。但逢观音菩萨生日或出家日，善男信女络绎不绝，整个学宫路水泄不通。更不必说每年除夕晚上的上大香……面儿上看，这似乎是一个热闹的去处。

一天，和同事去定慧寺吃素包子，听旁边几位老者在拉呱，聊到定慧寺庙门北向的话题。原来，古定慧寺依照传统正门也是南向。明嘉靖年间，为防倭寇荼毒抢掠，官府拨出了白银数万两给如皋县修筑城墙防御，将定慧寺包入城内，因原城门抵近城墙，百姓进出烧香礼佛极为不便，香火逐渐冷落庙宇颓势。到明万历年间，有一个大和尚带着两个弟子云游至此，发心重修。为了筹款，大和尚以油灯烤脚踝，以铁索盘胸等古行以示道心，信众深受感动，纷纷捐款。冒辟疆家是最大的施主，寺庙修复时，其祖父包揽了全堂佛像的经费。冒父会看风水，建议索性依势而改，将山门改成北向。并对寺中的佛像、建筑群，也做了相应的改造。新中国成立后城墙拆除，就形成了现在南倚外城河，北依内城河，东有放生池，西有玉莲池，所谓“碧水环寺、楼抱殿宇、山门北向”的特色。

这座由隋朝智颉大师开山的定慧禅寺还有许多的与众不同。比如天王殿一立一坐两韦驮，这在其他寺庙是没有的。原来传说有三十六大盗被韦驮菩萨感化，弃恶从善，放下屠刀，立地成佛，到定慧寺出家，坐着的韦驮就是原来大盗的头子。比如大雄宝殿内的毗卢大佛座下独杆莲花，证明顺治皇帝有在此出家，大佛正对北京故宫大门。

定慧寺风光过，颓败过，兴盛过，消失过，几经兴衰，历经浩劫。“高僧惟净为求强徒不破坏道场，宁舍生命，割喉流血，绕定慧禅寺地界一圈离世”的传说，让我不禁对这位献身佛祖的高僧肃然起敬。说到“一沙二祝，抵不上定慧寺木鱼的一笃，恭迎《龙藏》，僧侣办学”的壮举，更让我感叹复感动。名闻遐迩的“赛雪梨”的如皋白萝卜，就是由定慧禅寺的和尚引进种植，自食有余即馈赠施主，并作为贡品进献朝廷，使之名声大振。给如皋人带来了长长久久的福祉……再看定慧寺，它岂止是一个热闹的去处？我似乎看到一本古老厚重的福音大书，正徐徐向我展开。

一天，有缘跟随禅寺住持——宏修法师，再次来到定慧寺。

走进天王殿，宏修法师提醒观察诸佛的特点。但见东西两侧的四大天王相貌威严，手持法器，高大威猛，似乎在警醒我们要张弛有度，不断进步，又要保有内心的纯净，圆融智慧。中间巨大的金雕弥勒，让人一瞧就生欢喜心，右手拈着一朵盛放的玫瑰，大嘴咧到了耳根，眼睛眯成了细线，一脸的喜相，用“憨态可掬”来形容一点儿都不过分。两侧是一副名联：“开口便笑，笑古笑今凡事付之一笑；大肚能容，容天容地于人无所不容”。我正沉思间，一旁的宏修法师说：“拜佛求佛，不如修智慧。”宏修的声音不高，不疾不徐，但字字入心。

穿过安放有万年宝鼎的庭院，便来到回字形结构的中央——金碧辉煌的大雄宝殿。这座苏北明代唯一的寺庙文化遗产，四面无窗，却洁净通透。从独杆莲花座上的毗卢大佛、海岛观音等大型佛像，到千佛绕毗卢和善财童子拜师学艺的小型佛像，以及十八罗汉等，各具情态，栩栩如生。肃穆庄严的庙堂，使人有一种下跪礼拜的冲动。突然看到一对年轻的母子，虔诚地在每一尊佛菩萨面前叩首，再叩首，这画面让我怦然心动。他们在祈福吗？还是在还愿？我忍不住上前，双手合十，啥都不求，只念阿弥陀佛。

大雄宝殿的四周，被高高低低、各式各样的楼包围住了：藏经楼、观音堂、祖堂、玉佛楼、方丈楼、塔院、敬养院、罗汉堂、吉祥殿、财神殿、文昌殿、念佛楼、华严楼、地宫、佛教文化中心……一砖一瓦，就是一词一句，讲述着定慧寺曾经的沧桑；一屋一堂，或富丽堂皇，或雅静辉煌，叙说着千年古刹的雄奇与伟大。落地的金桂，神秘的五谷杂粮，千年的银杏，百年的黄杨，十善的菩提，一草一木，都有了灵性。

观音塔在玉佛楼的东边，缘梯而上，每见一佛我都恭敬礼拜，诚于衷而形于外，我佛慈悲。登临七层宝塔的顶层，整个的定慧禅寺及内外城河的景象尽收眼底，碧水环寺、丹楼抱殿的格局更是一览无余。寺庙四周的屋宇万瓦鳞鳞，高屋连脊，暗红的木柱古色古香，古韵悠悠，与隔河的师范大学堂和西北方位上附小里的孔庙大成殿遥相呼应。居中的大雄宝殿分外醒目，明黄色的墙体饱涨了我的眼，屋顶的大葫芦金光灿灿，巍峨壮观，让人心生敬畏。河道如画，内外城河宛若两条澄碧的绸带，显得厚重而内敛。交汇处就是寺内的放生池，凝成一块温碧的玉，温润了无数善男信女的心。

高阁临水，画栋飞云，闲云塔影，悠悠我心。清风徐徐，吹散正午的暑气，奇怪的是，在我静静伫立的这段时间里，既没有“古树乱鸦啼”，也没有听到寒蝉噪鸣，依稀耳畔，倒似听到七弦古琴，叮咚成韵，还有学宫路上的，琅琅书声……

“千万不要买鱼买龟放生，有百分之九十五放生的鱼龟是活不了的。真正想发善心，还是多做好事，回家孝敬父母，父母是诸佛中最大的佛，孝敬父母，就是最大的福报。”站在放生池边，宏修法师的一席话，让我的眼前一亮，似乎有一朵一朵的莲花，在我面前次第绽放。

由眼入心，渐渐地我有时会去听寺里的和尚讲经说法，学习佛的智慧、慈悲。逢上一些重大的佛事活动，更是前往感受善德，汲取力量。有时也会向住持、方丈请教，在不断的闲聊中受到熏染，越来越明白，我们如皋人的淳朴善良、勤劳朴实、母慈子孝的品德与生活智慧，甚至长寿，与佛理都是相通的。

直到认识文友孟大庆老师，拜读了他一系列禅意浓烈的文字后，我对佛教才有了更进一步的题解。孟大庆也是一位定慧禅寺的常客，与寺内的性观法师等大师闲聊中听禅悟道。当他得知自己身患癌症之时，非但没有颓废，反而在微信上开了一个公众号，将更多的生命体验和人生顿悟与癌友和更多的人分享……无论哪种文字，你都能看到一个为开悟佛性所包裹的孟大庆。

“以我患癌之经历，观照自己人生的得失，明心见性。如这种对待疾病的态度对他人有帮助，乃照见他人前行的路。”孟老师用佛法中“自我观照，反求诸己”的圆融与智慧，不仅为自己也为病友们驱除心中恐惧的阴霾，更为我们展示了佛教的智慧并不高深，无论你处于何种境地，只要你信你悟，它都会引领你走向幸福的彼岸。

至于要想达到“诸法空相，不生不灭，不垢不净，不增不减”的心境，乃至感悟到宇宙及人生真理这样的深层次的高度，还需潜心修行，巧思禅悟。

定慧寺的一花一菩提，与定慧寺结缘的一人一世界，都让我渐渐明白，不仅要身体力行，做好本职工作，将学校倡导的儒家文化发扬光大；同时走近定慧禅寺，更好地读禅悟道，在学习佛教文化的朝圣路上，注重自身的修为。

因缘而起，因念而生。如果说儒家是对文化的救赎，那么释家则是对灵魂的救赎。我是这样认为的。

活在当下

看一段文字，是说大一的老师，让学生介绍自己，归纳之后把他们分为两类。一类是说从前爱玩不太用功，从现在起，想要好好儿读点书；另一类说从来就只知道读书，过亏了，从现在起，要弥补逝去的大好年华，好好儿参加各类活动，乐和乐和。

其实岂止是学生，人生，起起伏伏，基本上都是这样的两种状况吧！要么为自己的用功劳累遗憾，要么为自己的轻松贪玩追悔，几乎所有人都以为，只要再来一次，或者重新年轻一次，只要有机会重新来过，一切都会不一样。

真的会不一样吗？我敢肯定地回答：不会的，肯定是电影倒带，重放一回，没有丝毫的分差。贪玩的依旧贪玩，劳累的依旧劳累；用功的还会用功，轻松的依然轻松。世界对你的显现是唯一的，所有的重来，只是我们的愿想。所有的过往，我们都是站在另一个时空另一个维度里望。就像站在一面透明而又永远砸不破的玻璃窗外，看似近在咫尺，实则遥不可及，除了干着急，就是无能为力。

人这一生啊，不做什么要后悔，做了什么一样会后悔。你所做的，恰恰是另一个人叹气说他遗憾没有做成的。所以呢？

全心全意，踏踏实实地活在当下，做好自己的本分，才是当务之急。

“活在当下”这句话看起来简单，做起来真不容易。不容易也得做啊，人到中年如日中天生命却不再的事例太多，那个三十出头的清华女教授也好，死之将至，悟又何用？没有人能做你的救世主，能救赎你的，除了自己，还是自己。常反思，知道自己是谁，想要什么。爱自己，珍惜自己，把自己照顾好，才是爱众生的基础。你是积极的健康的，才会把幸福快乐带给身边的人，才能竭尽所能地去守护你想守护的，去争取你想得到的。头破血流也无妨，上帝只会给你你能承受的痛苦。

始终无法安稳，追逐着颠倒着所谓的梦想，徘徊在已经过去的过去，寄希望于不知来不来的未来，总在追忆与渴望里挣扎，只会错过当下。而最应把握的当下却抓不住，这样的人生是无法有幸福感的。努力过的遗憾都不叫遗憾，只要现时下觉得自己所做的是值当的就行了。其他的都叫理所应当。

人到中年，心至简。安心是最大的享受，享受当下发生的一切，只有现在，你才是你，一切才是真的。不要因为某人得了癌症你才惊觉自己还未好好儿享受就老了，不要总在别人的成功与失败里叹息，更不要纠结于已经失去的。那些在午夜里千回百转的过往，早已风轻云淡，或者深藏于内心，

人生不是独木桥，不是非好即坏的对立。人生不过一场经过，是一念又一念串起来的修行。不必对他人或自己有过高的期许，不必固执地倔强。遇见不同的见解，学会尊重。争辩？你能确保你就是正确？世界不是你的，也不是我的。我们不过是人间过客。从偶然中来，又无声地离去，最终归属于永恒的寂静。

做自己的诗行

愿与不愿，眷或不眷，终是阻挡不了岁月的脚步。匆匆。时光如一片落叶从树梢上一跃即逝，冬的冷，早已弥漫在梅香渲染的画卷上，旧岁，渐行渐远！

“如果有来生，只想做一朵花，静静开，悄悄雅”，修剪着手中南方寄来的花枝，没来由地冒出这句话。“云淡风轻，从容优雅，晨钟暮鼓，餐风饮露，吸日月之精华，集天地之灵气……”望着自己刚刚发的微信圈，突然有些呆愣。花儿真有这样娴静优雅，从容自在么？

守候清风，静待白云，我们总是看到花儿的宁静安详，美好灿烂。殊不知，就算是一朵花，从生根发芽，到抽枝长叶，没有霜打雪埋，也会有风摧雨打。

花的一生，在岁月的刀尖上独舞，洒落片片殷红也要舞出最美光影，即使在刹那芳华后落英纷纷，也要为呈现最美而殚精竭虑。只是花儿，从不颓废，从不慌张。那些心甘，那些情愿，盈盈生香。

不管人生的路途有多莫测，不管红尘有多么纷扰，过去的已成过往，未来等待新的飞翔。如果内心兵荒马乱，深陷泥沼无法自拔，住再偏的居所，修再长的樊篱，也无法宁静安然。

真正的安宁，就是笑对车马喧嚣，就像花儿，不急不躁，不温不火，遇风听风，遇雨沐雨。只要还活着，就往好里拼命长。电闪雷鸣，大雨倾盆，风刀霜剑，火熇干涸，不避，不逃。只有在心中修篱种菊，方可岁月静好，安然无恙。

花开叶落，四季流转，任岁月在指尖悄然流淌。走过半生，才知道悲伤与快乐是一样的深浅，活着就是岁月无恙。不用思虑太多，柴米油盐是常态，琴棋书画是作料，激情奔跑，快乐着快乐，悲伤着悲伤，生活着生活……

蘸着冬天素素的冷，静心写下一行行梅色雪韵。写不出诗我就是诗，走进大自然我就是一朵花，读一本好书我就是寓言，听一首不属于我这个年龄的情歌，活成自己的童话，生活往前，故事继续。

过好当下，就是一生

当四周此起彼伏的爆竹声如炒豆般炸响的时候，新春就被唤来了。昨日与今时，除夕，新春，一日一故一新。眨眼间，一年辞岁迎春。未能免俗，睁了牛眼，等待倒计时开始，等待新年的钟声敲响，越来越喜欢这种仪式感。没有又老一岁的遗憾，倒是接包送包，送福纳福，欣欣然给自己营造新春的好气氛。零时整，怀揣温情，写下祝福：祝亲爱的自己春节快乐！祝亲爱的友友们"猪"事顺遂！心安，便是良辰美景。直觉过好当下，就是一生！

水仙花和瑞香也似听了新年的召唤，不约而同地沾了喜气，于热热闹闹中轻轻浅浅地开了花，它们的笑，清丽淡雅，温婉得很，花香也不敢过于浓烈，拿着劲儿缓缓释放。长寿花与小玫瑰倒是香艳，加上蝴蝶兰与大花慧兰的风情万种，各种绿植的欣欣向荣，令我老怀大慰：给我一束花，足以慰红尘。

豆子照例要去定慧寺上香，邀我同去，拒绝了。怕自己一时心血来潮，却不能够坚持恒久，不如不去。

空间红红火火，祝福不断。四野烟花绽放，照彻天际。想起幼年光景，父亲尚在，一排溜燃放爆竹，我掩了耳朵张大嘴巴，一边惊叫一边钻进热闹中。爆竹还在放，父亲早不在。"人世烟雨红尘，吹落了一年年梨花似雪。常思着过往之事，却寻不见旧时人。”时间，何其有情亦无情。亦思及豆子年少时，兄弟姊妹几个，争着抢着追着跳着，在院子里燃放各种小焰火，笑声追着脚步飞出老远，原来最遥远又最近的，真的是前尘往事。

于这热闹中，慢慢掩上心扉，捧着素雅，走进《倾世倾城半生缘》，喜欢这样的感觉，窗外，哪怕寒风凛冽，风雨交加，心中，依然盈满温软，暗香迭迭……

如果每一天都可以这样，工作之余，忙碌之外，从从容容的，看花，读书，写字，卖呆，打扫，听歌，熬煮喜欢的粥，做喜欢做的事，就是上天最大的仁慈与厚爱吧！心上无尘的日子，每天都是春暖花开。没有那么现世安稳的，有时任性地不去坚持，学不会“宽容、放下”，放大难受痛苦，也会度日如年呢。“人与事，皆不可太满”，“欠缺一点，实则完美”，多读点书，也就多走了路。

岁岁年年，年年岁岁，心之所念，总是越见淡然，风来也好，雨来也罢，那凉，那薄，那暖，那斑驳，尽可以一个人读，一个人念。落词点点，断字生烟，开始喜欢活在一个人的江湖里面。不是不需要懂，有些刻意太费思量，不如一身清寂，守浩大的孤单。纵然有雨，纵然有风，纵然日落，纵然花开，都是你的清词，都是你的丽句，都是你的天朗地清。

每天，实在不必一定热闹，亦不必一定欢天喜地，只要心里揣着真切、温情，即是真正的融融心境。2019 年，相信温暖，相信深情，相信美好。也信，生之所遇所见，皆是必然，无关欢喜。

人生没有孤岛

01

天生万物，各有其性。咖啡味苦，伴侣味香，糖味甜。咖啡佐以伴侣和糖，那份香冽并未减去，而咖啡的苦涩可以轻释。其香更显甘醇，适合细品、回味。如果只有糖的一种味道，甜确是甜，怕也会失去苦中含甘，五味杂陈的丰富，亦少了许多享用的乐趣。于物如此，于人亦如斯。

02

大剧院灯光骤然暗下来，舞台上一缕射光直击指挥，随着指挥棒上下翻飞，或压或扬，大提琴，小提琴……在每一个乐手手中达到完美的融合。越听越有味，越听越能体味到其中不断变化的韵味。

微微闭上眼睛，可以感受到情绪在游走中变化，色彩绚丽，层出不穷，宛若夜空一道道美丽的烟花，腾升，融化，与无垠星空化为一个整体……这是任何一个独奏，都不能达到的效果。

03

人是恒有价值的，但又是永远无法孤立存在的。就像被命运抛到孤岛的鲁滨孙，他虽远离人群，孤独生存。但他不畏艰辛，凭借顽强的毅力，寻求大自然的帮助，直到第四个年头，终于吃上了自己种植的大麦。种麦养羊，救星期五为仆为伴，历时28年，终得以生存上岸，娶妻生子。再次出海经商，途经荒岛，先后送去移民，生活日用品，还有女人，“有的适于干活，有的适于做老婆，只要那边有人愿意娶她们”。

人类生活没有孤岛，与集体并轨，个性才更完美，底蕴才更深厚，价值方可永恒。只有与别人同心协力，才能完成许多事业。正如节子所说：人，力不如牛，走不若马，而牛马为用何也？人能群，彼不能群也。这些警语，实乃明哲警世之言。

人如斯，国亦如此。

04

“人类只有一个地球，各国共处一个世界，在谋求本国发展中促进各国共同发展。”习近平就任总书记后，首次会见外国人士就表示：国际社会日益成为一个你中有我、我中有你的“命运共同体”，面对世界经济的复杂形势和全球性问题，任何国家都不可能独善其身。

不论人们身处何国、信仰如何、是否愿意，实际上已经处在一个命运共同体中。为了我们共处的世界，为了每一个国家人民更好地生活，各国应该达成一定程度的妥协，而不是一味的决裂或顺从。无论哪个国家，一味追求自身利益最大化，意到心随，最直接的结果，盟国离心离德，分崩离析。中美贸易战，于中于美，友则双赢。接纳，和谐，共生，于物，于人，于世，实在是一门不浅的学问。

日月交辉，阴阳互摄，刚柔相济，虚实相生……只有美美与共，才能相得益彰，始得大同世界。

第七辑

哀哀父母，生我劬劳

陪伴成长，是爱；

长大了不打扰，是爱；

爱自己，也是最好的爱呀！

车在飞，心在飞

喜欢这样的感觉：行驶在双向道上，左边是树右边也是树。路不断地往前延展拉长，伸向一个叫作无限的尽头。两旁站成永恒的绿化带，青绿丛中散见的枝枝丫丫纷至沓来，又倏忽飞去。

叫不上名儿也听不懂的快节奏CD，水般流淌，充盈整个车厢，心有要飞翔的快感。车速有意无意地提升，时光、岁月、街景便如影像般一掠而过。

小土豆黑亮的眼眸越发的晶莹，用力绷直短后腿踩在我的左大腿上，短前腿扒住车窗。它的短毛扬起，圆圆的眼睛瞪成玻璃球状，一眨不眨地紧盯着窗外，很是惬意。不到3分钟，它就很快地一跃而下，用同样的姿势扒住右窗。很快它又一跃而下扒到左窗，右窗，左窗，右窗……如是反复，一路不断。有时因为车的骤慢它会猛然跌下，当真流星一般，摔得猛跃起更快，都在须臾。不知道它痛不痛，反正就它的表现你是看不出来的。我一直不明白它为什么要这样反反复复，莫非是左脸吹了吹右脸，右脸吹了吹左脸，不至于让自己的小狗脸左右有大小？它有这么聪明吗？又或者它觉得这样很酷很帅气？真心话，颇有些像检阅士兵的将军，专注而又英姿飒爽，倘若那些花草树木可以看作是列队的兵士的话。

姐认为土豆是在看风景，它喜欢看变幻的不同的风景。它是不是会奇怪这些东西为什么那么快地飞掠而过？它是不是会奇怪眼前的东西为什么会变来变去？我们都不得而知！我们认同的是它很轻松很快乐很恣意。我几乎不曾记得它中途有停过，无论来时还是去时的路上。

车停下的时候，我开始逗土豆，90 度右转，回；90 度右转，回；90 度右转，回……如此反复多次之后，我终于忍不住哈哈大笑，因为我每右转一次，土豆也左转瞟我一次；我回转，目视前方，土豆亦如此。满眼的认真与一丝不苟，黑溜溜亮晶晶的眼珠里满是无害与无辜。土豆儿的眼睛多像春雨过后新叶上的露珠呀，闪着清新的光泽，萌发着灵动与生机。有时会想，假如土豆当初来的时候，恰好是一个长假，我会把它训练成啥样儿呢？它这样的古灵精怪，一定会很聪明吧！凝望着土豆儿纯净如婴儿般的双眸，我的心也如碧海蓝天般澄澈了。

车甫一开动，土豆又迅速支起短腿，凝视窗外。紫薇花开得轰轰烈烈，葱郁的浓绿之间，隔三岔五，氤氲一树霞粉。从初夏至秋初，行道两侧或隔离带间，处处绿望眼，唯有此花红。

车在飞，心在飞……

土——豆——

土豆用很无辜的眼神看向我的时候，我便狠不下心来打它，现在它便用这样的眼神看着我。

当我刚刚去洗好手，转过身来的时候，我便惊天动地暴喝了一声“土——豆——”，如果声音可以杀人的话，土豆一定已经碎成了齑粉。

它以最快的速度躲到一边的椅子底下，再以最快的速度用一个最安逸的姿势趴好，拉直前后腿，肚子紧贴地板，将狗下巴搁到地板上，小心翼翼地抬起眉眼，小媳妇一样的，然后便用那种无辜的可怜兮兮的眼光望向我。我恨恨地瞪它两眼，它干脆讨好地摇动翘起的大尾巴，一副我很乖、不关我事的小可怜模样。我哭笑不得，只好无奈地走向花盆，把我刚栽下便被土豆拔出来（天知道它到底是拔下还是咬下）的富贵子重新栽好，再去洗手。

富贵子是去岁买的盆景，我一直叫它红果果，三棵长在一个盆子里的，呈鼎立之势，一圈几层全是红色的果果，油亮亮的，面色红润，看着很欢腾很喜庆。打从我买下它之后，就一直蓬蓬勃勃，八九个月的时间姿色不减分毫。当朋友晒出新果果的时候，我讶异于我家富贵子旺盛的生命力，一不小心，竟发现了奇观——昂立着的红果果上面裂开了，直接爆出了新芽。

后来终于有果果落下，也长出了几棵新苗。我干脆摘下有芽的富贵子，在盆土里密密地洒了一圈。果然，两周后的现在，盆里一片蓊郁。

我便找来小花盆，装满土，把小苗移植过来，轻轻地栽进去，洒上水，期待有新的生命绽放。

我在忙活的时候，小土豆一直快活地在我脚边颠来颠去，生怕我忽略了它。好了，现在真忽略了它，满手的泥污刚刚去洗净，转过身来就发现有一株小苗苗被土豆扔在了地上，根与身体已经分了家。

呜——呜——

这小狗崽子！这破坏狂！！这小坏蛋！！！

瞧它现在那怂样，明明做了坏事，还一脸的无辜。

我恨恨地望向土豆，它一扭脖子，干脆不看我了。不行，我得保护这些幼苗！要不，把这小家伙关起来？哪里有这么简单的事，倘若把土豆扣起来，限制了它的自由，估计它的悲鸣会响彻整个楼宇，不定有好事者，报警说我虐待小动物。倘若不把土豆给限制起来，又会伤及幼嫩的富贵子，我忙活了半天的希冀岂不是在襁褓里就会夭折？伤脑筋。

往事如昨。富贵子刚到家的时候，土豆比我还兴奋，不停地闻啊闻嗅啊嗅的，围着比它高很多的花盆直转悠，我还以为它像主人一样热爱绿植的呢！还没激动多久，竟发现它是搞破坏的主儿。对准目标，风驰电掣般一跃而起，就用嘴巴扯下了一根细枝儿，小脑袋快活得直甩，把红果果一颗颗甩下来，甩不了咬，还用小爪子抱着，得意地拨弄，红果子一滚，它就一跳，红果子一滚，它就一跳，玩了好久“猫戏老鼠”，趴在一边歇了会儿气，盯着红果果研究了半天，突然又纵身一跃，自娱自乐地继续玩“猫戏老鼠”。终于玩累了，手脚嘴并用，千方百计地就把那些红果果咬碎了，最后放下一地的狼藉，一脸不关我事的模样趴一边去了。我作势要打，它还把脑袋往我腿上蹭，关了半天，没把所有邻居都引过来。唉……还好富贵子的果果极多极密，几天之后，土豆也就转移了注意力。

只是现在，该怎么办呢？这么小的苗苗可经不住它热情的折腾，难不成真白忙活了？怎样才能不负如来不负卿呢？

土豆，我回来了

出去了一个星期，土豆寄养在姐姐家，回来的时候，吓我一大跳。毛色灰暗，长毛虬结。整个儿的又脏又臭。一周不见，看到我时的欢愉不言而喻，只是当它蹦到我的身上，腥腥的味道直呛鼻孔，我便皱眉呵斥，禁止它跳到我的身上来，它可怜巴巴地眨巴眨巴眼睛，跑到姐姐身边寻求庇护，姐姐见它楚楚的样子，习惯性地弯下腰来宠溺地把它抱到手上，并不停地摩挲。土豆惬意地闭上眼睛，一副老实巴交我见犹怜的乖巧模样。

姐姐一边抚摸土豆儿一边又在向我告状，什么土豆现在老往床上蹦，姐夫睡在床上它还老是不客气地睡在他的旁边，赶它都不下去。更有甚者，在姐夫睡的床上撒过一泡尿。

我惊愕地望向姐姐，这在从前是绝无仅有的事儿。看着姐对土豆的轻抚，我问："你训了它吗？"姐便开始装模作样地开始训斥起土豆来。我欲哭无泪，问道："你现在训斥有用吗？它现在又没有犯错，你现在训它它还莫名其妙，不知道怎么回事呢！"

侄子出外上学到工作，姐和姐夫成了空巢老人，当我把土豆带过去的时候，两个人对土豆宠爱有加，对土豆的关心和照顾绝不亚于对一个孩子，姐姐更是把家里能吃的都掏出来，吃饭的时候不停地把各种肉夹给土豆儿，然后还电话告知，说土豆不肯吃我带过去的狗粮，结果就是土豆儿拉肚子了。

姐夫一有时间就把土豆拉出去溜达，每次遛完土豆回来，他总是津津乐道："土豆又屙了两泡屎，撒了几泡尿。""土豆在楼下遇到一只大狗，还对人家大声叫！""土豆看到一只小狗，跟人家小狗一起玩的。""人家看到土豆，都说它漂亮和可爱呢！"……

上班的每天，我早上把土豆送过去晚上接它回家，有事外出我就把它寄养到姐家。日复一日，土豆和姐姐姐夫熟稔起来，每次我去接它，它都会兴奋地跟我打一下招呼，快活地在我腿边转两圈，但逢到吃饭，它就坐在姐姐腿边，眼巴巴地盯着姐姐。姐姐便奇怪地问我："土豆怎么不看你的，看你养它养了这么久！"我不以为然地笑笑："我吃饭的时候从来不喂它，我在吃它在旁边哼的习惯不好。"

姐姐却不以为然，她觉得土豆的哼哼非常有趣。最让我哭笑不得的是，因为姐姐老逗它，土豆现在学会了吵架，但凡姐姐高声地说它一句，它就会呜呜地跟姐姐吵，且声音会随着姐姐的节奏变换。一人一狗经常鹅般拉长着脖子，人眼瞪狗眼、狗眼瞪人眼地吵，姐姐乐此不疲，常常开怀大笑。有一次当我训斥土豆的时候，土豆试图跟我吵，被我狠狠训了一顿，直训得委顿了下去，再也不敢。

土豆一吃完饭就会奔向姐夫，倘若姐夫有事或者稍微耽搁，土豆就会在系它的绳和姐夫之间来回不停地走，高高地跳跃，或者用嘴去拱姐夫的裤管，舔舔姐夫的手，再望望绳子，以引起姐夫的注意。

当姐夫溜完带它回来，它又会毫不迟疑地蹲在我的脚下，安安静静，等我带它回家。此刻无论姐姐和姐夫怎么唤它，它都会不理不睬，哪怕它们拎起它的绳索，它都会拼命地往我这个方向，试图从他们手中挣脱，让姐姐一边笑一边骂它没良心。

好了，不过一周，把个土豆惯的，像人一样自由进出，甚至跳到床上都不曾真正训斥，轻描淡写的几句，鬼精的土豆当然不以为忤，反当逗它戏它吧，现在可好，竟至在床上撒尿，哎呀，倘若是我，定会揍得它长住记性，不会有第二次。

土豆竟是听懂了我的话的，见姐姐姐夫要走，挤命追过去，直往他们身上纵，意图很明显，怕我真打它，希望带它走，我便大声问道："你连自己的家都不要了吗？看他们带不带你走！"眼见无望，土豆便坐直身体，两前腿立在胸前，眼巴巴看姐他们开门离开，小声地哼哼，却再不敢有大动作，大门打开，它也只看轻哼不动，任凭姐逗它："门开着，你跑过来不就和我们回去了吗？"

姐他们走后，土豆开始还随着我的忙碌颠来跑去，后来我全然忽略了它，当我忙好，却不见了。在我惊慌失措之际，却看到它乖乖地卧在自己的窝里，这个家伙！

接下来的周末两日，把土豆洗得干干净净，浑身香喷喷的。周一早上送土豆去姐姐家，土豆下车的时候义无反顾，我喊它，它都不肯回头，直拽着姐牵它的绳往前走，看它快活地蹦跳着远去，突然心下生了几许感慨：土豆的所作所为，和孩子何其相似。

有人认为，孩童嬉戏玩耍，天真活泼是天性，让他们自由发展，是遵循他们成长的规律……二十多年的从教经验告诉我：同样的一颗种子，贫瘠的土壤和黝黑的土地，收获终究是有差异的，在孩子没有树立正确的人生观之前，做父母老师的有责无旁贷的引领指导义务。给其自由并不是放任自流。就像土豆，它天生长得娇小玲珑逗人喜欢，倘若由它喜欢，由它随心所欲在地上跌打滚爬，然后又让它爬到床上，甚至在床上屙屎撒尿，有多少人能接受呢！

自在飞翔的风筝需要线的牵引。线是它不自由的根源，也是它实现相对自由的保障。正如米兰·昆德拉所描述的：生命唯有承担一些重量，才不至于脱离大地而漂浮。

哈哈，土豆丝

母亲电话打过来的时候，声音是焦急甚至是颤抖的。她告诉我说带土豆和丝丝转悠了一圈后，去小店儿买榨菜，买完，却发现丝丝不见了。我一愣之下，脑中一片空白，以最快的速度往门口奔，心里慌慌的，忘了身体的不适，直担心小丝丝会去哪儿呢？会有人入了眼捉走吗？真丢了怎么办？心像泡进了冰窖一般。

拉开门的瞬间，我呆住了。小丝丝卷了进来，它发出高高的急促而委屈的声音，我知道它在向我诉说什么，虽然我听不懂。我蹲下身子，紧紧抱住小丝丝，急急用颤抖的手拨打母亲的电话。

母亲见了丝丝又惊又喜，几乎是冲了过来，不断地重复着事情的经过和心里的担忧。直叹小东西丢了怎么办，可见母亲对小丝丝的喜欢。听了我的解释更加是对丝丝赞不绝口，小东西快要被她捧上天了。

说实话我也无法不对小丝丝刮目相看，小家伙在母亲的带领下每天的例行散步加起来也不会超过 10 天，却能转了这样大的圈儿弯了这么多的拐爬这么多的楼梯找到家门，实在不能不让我心生敬仰，怕是换了土豆都没这个能耐。

这样说绝不是褒一贬一，土豆领回家已有一年半，上下楼梯还会走错。一次我打扫卫生的时候，开了门它自己溜下去就没有能够走回来。

一楼一楼的找寻间，若不是叫得凄惨而响亮，我怕就已失去它了。它一玩就疯心，还不认识路，所以带它出去都用绳牵着。

牵着土豆走的时候，小丝丝是跟在旁边的，小丝丝卖萌也卖嗲，时不时会停下来要你抱，害得一向小马驹一样爱奔跑的土豆儿先是吃醋继而要惯也要人抱了。不过一下抱住两只狗狗的感觉真的挺好的，母亲喜欢这样抱，我也喜欢这样抱。

有了伴儿，土豆似乎安分了许多，总喜欢围着小丝丝转圈。一天，来到楼下的大土墩儿旁边，便把它们都放了下来。土豆先是撒开四蹄，疾风一般，远远近近上上下下疯跑了无数回，呼唤几声，像没听到一般。小丝丝却在不远处啃咬，磨牙，不时还跑回来，蹭蹭。有时，土豆会快活地冲到丝丝身边，用身体逗弄丝丝，直把丝丝逗恼了，又风般飘走。

小丝丝也很快地站稳，能快速奔跑了。一天，当土豆再次冲到小丝丝身边，小丝丝绒球一般滚过，爬起，抖擞抖擞精神，愤怒地向它还击，两个家伙风驰电掣般奔跑打搞一阵，终于兴致勃勃地跑到我们身边，乖乖地随我们上楼。

哈哈，土豆丝，土豆丝。

离　别

我无法读懂土豆眼睛里藏着的东西，但我分明看到了距离。它不肯我碰，拒绝让我抱起，发出呜呜的抗拒的声音。我犹豫了一下，还是无法辨清那眼睛里到底原本就是水汪汪的，还是现在就是有泪水，只好随了它去。转过身的时候，泪水却顺着我的脸颊滑了下来。

母亲要回去了，她一直在问我狗狗怎么办。是啊，怎么办呢？上一次她走的时候也是这么问我的。回去一个礼拜之后，接她来的时候，母亲说的第一句话竟是“这么多天，也不知道那两只狗什么样子了？”原来，两只狗天天陪伴母亲，已经夺了母亲太多的关注与关心。

也是啊，平时上班，只有土豆一个的时候，我总是把它带来带去，我去上班，它就待在车上。宁愿待在车上四个小时等我，它也不肯待在家里。我准备出门的时候，若不带它，它就会拼命地往我身上跳，把地面蹬得通通响，门若一关，便会听到它的哀鸣，弄得我几乎去哪里都带着它。多了丝丝做伴，当然不能厚此薄彼。偏偏两个一起，常将家里搞得翻天覆地，咬鞋，抓花，撕纸，不定弄出什么幺蛾子，只得关在笼子里。回来的时候，我才会把它们放出来或带着出去散步。

母亲在的时候，情形大不一样，一有时间就带它们出去溜达，有时明明和她说着话，狗狗一叫，她就会说：“狗想出去了！”于是撇下瞪着眼的我，径自拉着它们两个出门，有时还会好心情地问我 ：“你可一起出去？”现在小区里所有的人都叫母亲“那个遛狗的老太”，母亲在的日子，我常说“两只狗狗得道升天了”。

这么说吧，土豆，我已经养了它两年，算是很有感情吧！丝丝几乎是随着母亲去年一起来我家的，特别爱向母亲撒娇，总喜欢扒着母亲的裤腿让母亲抱它。真是出乎预料，一向不喜欢动物的母亲，竟然在丝丝的再三撒娇和纠缠之下，一有时间就把丝丝抱在手里，创造出一幅温馨美好的画面。丝丝被母亲娇惯成什么样子了呢？哎呀，我都不知道怎么描述了。总之，它现在动不动就要家里的每一个人抱，它不停地上蹿下跳，很少有文静下来的时候，和它刚回家时截然不同。它逮谁就和谁亲热，楚楚可怜的眼神儿让你不疼它都不行。

土豆是博美，认主，很长时间以来，完完全全的唯我是从。可这“白眼儿狼”在母亲来的这一个多月中，现在几乎不正眼瞧我，只听母亲的呼唤。假若我和母亲同样做出要出去的样子，它也只是望我一眼，然后奔向母亲。一有空闲，它也是屁颠儿屁颠儿地跟在母亲后面，让我觉得好没面子。

总之，母亲现在得回家了，她放心不下每天和她做伴的狗狗，尤其特别依恋她的丝丝。考量再三，母亲主动提出，她把两只狗狗带回家，否则，她不在的时候，狗狗会把家里弄得很脏，成天关在窝里太可怜，下次来的时候再带过来。豆子不同意带走丝丝，土豆老对他凶，丝丝跟他亲。我不同意带走土豆儿，我已经习惯了有土豆的每一个日子。最终讨论决定，母亲趁豆子上学的时候，先把丝丝带回家，土豆仍然每天可以跟我来去。

母亲抱着丝丝走了，我觉得心里有点空落落的，我不知道土豆是否听得懂我们的对话，只是这次母亲出门的时候，它没有冲过去往母亲身上跳，而是离得远远的，屁屁和后腿支撑着地，身体立起，两条前腿缩在胸前，眼睛一眨不眨地盯着母亲。我走过去试图抱起土豆儿，它拒绝了。它跑到了阳台边，我追过去的时候，分明看到它眼里泪光盈盈，我不知道狗狗会不会哭，但现在土豆的样子就是这样的。然后现在，我听到它发出狼嚎一样的声音，没有那么尖利，也不很刺耳，但很绵长很哀痛。我的眼泪“唰”地流了下来……

我喜旧犬归

01

姐说得眉飞色舞，抑制不住的兴奋在声音里回旋。

首先她郑重声明以后再也不要土豆去她家了。哦，不是这个意思，是说再也不同意我把土豆寄养她家了，为什么呢？

02

花花很会看家，据说至少有一半血统是哈士奇。门外有人经过的时候，它就会叫，也就是在提醒主人：门外有人，小心！

姐姐他们已经习惯了花花的习惯，倒也不以为然。可现在不同了，姐姐带回家一只流浪狗毛毛，家里还多了一只我家的土豆儿。所以当花花洪亮的声音响起来的时候，家里立即炸开了锅：花花，土豆儿，毛毛，一起叫了起来，且不知道有没有一争高下的意味儿，越叫越响，越叫越响，响到整个空间，连空气都在颤动。响到姐一家全毛了，大声呵斥。

花花不叫了，毛毛不叫了，土豆儿却毛了。它开始愤怒地大声地叫唤，表示严重的不满。涵（姨侄）也毛了，试图制止土豆儿，结果就是，涵叫得高土豆儿也叫得高，涵说多了，土豆儿也不甘示弱，叫得不会更少。我们不懂狗语，但我们都知道，土豆儿会吵架。

涵找来笤帚的时候，土豆儿双目怒睁，露出森森的尖牙，拼命去咬，气势凌厉。涵见状，作势揍它，土豆益发的凶狠，根本没有回旋的余地。涵气极，真的举起了笤帚……

然后呢？

花花立即趴到了地上，把头紧贴地面埋了下去，偷眼瞧的时候，看战争没有止息，又赶紧把头埋了下去。

毛毛以最快的速度逃出客厅，慌不择路地窜进了厨房，感觉不对劲儿了，又赶紧窜了出来，最后逃进了另外一个房间。

涵打，土豆叫，再打，还叫，还咬笤帚。当然最终涵胜利，因为他越打越重，土豆吃痛，终于趴到了地上。

03

姐的声音里，听不出对土豆的不满。她和姐夫当时拼命地笑，因为那两只狗狗的表现实在太可爱了。对比之下，土豆儿就太可恶了。不乖，不听话，还会吵架。而且都分不清是被寄养在人家，吃的人家的，住的人家的，劳烦人家遛，还对人家凶，的确不可爱呀！

姐还在说，因为她觉得毛毛逃跑时候的表现，太像弟弟小时候了。母亲作势要打的时候，他就会以最快的速度跑出去。

其实姐在说的时候，我立即就想到了我们姐弟 3 个。具休的，我就不说了。我不说也就不说呗！儿子却脱口而出：土豆儿像我妈，谁养的像谁。臭小子，你才是妈养的！土豆儿只是抚养好不好？

大家都笑，我也笑。

04

毛毛就在车上，不是带它出来兜风的，姐他们想帮它找个好人家送了。姐姐满满的唏嘘和不舍：家里有花花了。才两天，带毛毛和花花下去遛，故意趁毛毛不注意躲起来，毛毛总会找回家。走很远很远的路，把它丢了，希望它能够被一个好心人收养了，可过了很长的时间，毛毛还是找回家了。

……

我想到了丝丝。

05

土豆儿太凶，它几乎对谁都凶，除了我。

母亲在的那段时间，我捉了另一条小狗——丝丝，原意是和土豆儿做个伴儿的。丝丝非常乖巧，而且很腻人，常常要母亲抱，母亲说什么它都懂。母亲认为养两只狗太多，建议我把土豆儿送人。陪伴了我那么久，带给了我那么多快乐的土豆儿，我怎么舍得送人呢！母亲便让把丝丝给送了，儿子不肯。

然后有一天母亲说回家一段时间，家里忙完了再来。她还说她先把丝丝带回家，到时候一起带过来。

然后呢？

当我回老家的时候，得知母亲把丝丝送人了，我非常恼火，觉得她自作主张，都没有和我商量。

后来有听豆子说过，丝丝被送得并不远，他一直念叨着，这个暑假，要把丝丝带回家。

06

我想把丝丝带回家的时候，母亲问我：养两只狗，你能行吗？

我肯定地说：捉回来，我要带回家。

依然遭到了母亲的反对，当她极力阻止的时候，我生气了：你当初把它送人，根本就没有跟我商量。

我突然很担心，丝丝会不会跟新主人已经建立了感情，它会不会不认识我了？倘若它不认识我了，我就不强要它了。

07

丝丝还是那个疯丫头，它快活地跳着，试图舔我的脸。它的弹跳力，真不是盖的。姐很高兴：它还认识人呢！

我驱车带丝丝去洗澡，它用实际行动驱除了我心中的疑惑，它只是跟我们很亲热，陌生人，看都不看一眼。

把它身上虬结的毛剪掉了，又给它涂了驱虫剂，现在的丝丝，颇像一只狐狸。三角形的脸，曾经半耷拉的大的耳朵现在高高地竖着，也是三角形的。身上的毛不算太长，也不算短，摸在手里软软的。狭长的身子和大大的尾巴，和狐狸特别像。原本肉肉的胖胖的小短腿，现在变细了，最奇特的是它尾巴下面的，屁股上的两簇毛，特别长，就像穿了裙，跑动起来的时候，甩呀甩的，很是漂亮。

丝丝不一会儿就跑到我身边，来和我打招呼，我理理它背上的毛，它就又快活地一扭身走了。

土豆兴奋得有点不正常，它守在丝丝身边，不肯任何人接近。倒是丝丝，颇为怡然自得，蹭蹭这个，舔舔那个，过来和我亲热的时候，土豆就站在不远处，看着，倒没有凶神恶煞。

真好，丝丝回家了。

我喜旧犬归，低徊入衣裾。

狗狗叫了

狗狗是古灵精怪的，给我的生活带来了很多的快乐。就算天天与它们相处，也还是会给我带来很多的惊喜。

第一次是听母亲说，她猜我们回来了，因为狗狗叫了。我开始颇不以为然，狗狗听到任何人的脚步声都会叫的，不是吗？母亲说不是这样的，她看到两只狗狗竖起耳朵很久，嘴巴里发出叽里咕噜的声音。母亲认为我们一旦进入小区，还有数百米远，狗狗就知道了。然后，估计我们在楼下了，就开始叫唤，骂都止不住。等我们真的到家的时候，却是不会叫的，顶多卖萌地哼唧。

然后有几次，在楼下的时候，我的确听到了狗狗的哼唧声，不是大声的叫唤，大声的叫唤是针对陌生人的，那就是哼唧。后来在我们这栋楼的东拐角处，我就听到了它们的哼唧声，有必要说明一下，这栋楼三个楼道，我家住在最西面的四层，它们该有怎样灵敏的耳朵？

除了特别大的动静和异响，狗狗是不会随便叫的。倘若陌生人的脚步声，也必须是往我家这层楼登临的过程中，狗狗才会疯狂地吠叫，它们在捍卫领土，禁止外来入侵。

倘若陌生人的脚步声是在楼下或远处的，它们会警惕地竖起尖尖的小耳朵，瞪大玻璃球一般的黑眼珠，如雷达一般探测，不叫。等到声响远去，警报解除，它们才又怡然自得起来。

如若生人进了家门了，那就不得了了。无论怎样喝止，它们都会气势汹汹地狂吠。我常常惊讶于它们那么细小的身躯，能发出那么洪亮庞大的声音，用雷霆万钧、震耳欲聋来形容，都不夸张。

倘若它们是自由的，我从不曾见到一个陌生人敢踏进我的家门。它们会龇起尖利的小牙，全身的毛根根竖着，那气势，绝不亚于藏獒。

等到确认毫无安全威胁的时候，狗狗才会渐渐平息下来，不停地嗅啊嗅，等和客人混熟了，它们又温顺得像两只小猫咪，会去蹭客人的腿，往他们身上蹦跳，表达内心的欢愉。如若客人坐在沙发上了，就会轻松地一跃而起，坐上膝盖，索求爱抚，先前的凶狠跋扈荡然无存。

土豆长得讨喜。它全身的毛蓬蓬松松，总让人以为长得胖乎乎，便多了一份憨态可掬的美。其实不然，你用了力气想把它抱起，会有严重的落差和难以置信，怎么会这么轻？洗澡的时候，瘦小得让你心生怜惜，才三斤不到。它的眼睛特别漂亮，乌溜溜圆滚滚的，眼珠不动时，是看不见眼白的，没有一个见到的人不夸。黑黑的小鼻头成天湿漉漉的，这是健康的标志。三角形的小耳朵，竖在叠叠的长毛之间，若隐若现。走动时，就像一个移动着的毛绒玩具。

丝丝长得特别像狐狸，尤其是它那大的蓬松的尾巴，像盛开的大花。身体狭长，灵活得要命，轻轻一跃就能攀上椅子，再轻轻一跃就能跳上桌子。而且力气大得吓人，想让你抱的时候，感觉都能把你冲倒。它输在耳朵上，耳朵虽然竖着，却特别大；输在睫毛上，睫毛竟然是和毛色一样，黄不拉叽的。

母亲在的时候，她总是非常有规律地去遛狗狗，不要说家中的地上，便连狗窝里，都是干干净净，清清爽爽的。母亲能够让狗狗只在阳台上活动。狗狗其实真的是很聪明的动物，不到万不得已，它是不肯把尿啊屎啊弄在窝里的。

母亲觉得我上班辛苦，没有精力和时间打理狗狗，便在没有征得我的同意之下，把丝丝送出去了，那天土豆哭了，我也哭了。成天看土豆有气无力无精打采的模样，我又去把丝丝要回来了。现在它们总在一起玩儿，会吵架也会打架，更多的时候，它们嬉戏玩耍，相安无事。

土豆丝，土豆丝，少了哪一只，能行呢？

舐犊之爱

今天必须记一记，这个日子有些特别，因为丝丝做妈妈了。

早上还在上班的时候，突然接到母亲的电话，她的声音高高的慌慌的，我一句话都没有听懂。当我让她重说的时候，终于听明白“丝丝在生小狗”。

前段时间我和豆子说觉得丝丝胖了，母亲提出异议，认为丝丝有宝宝了，还说过年的时候可能会有小狗宝宝。过年还有一个月呢！今天是农历十一月二十，阳历12月28日，真是好日子啊！

中午兴致勃勃地回家的时候，在楼下遛土豆的母亲同样兴致勃勃地告诉我们，生了三只。而且不停地夸丝丝会带宝宝。

我和豆子三步并两步，可着劲儿地往楼上冲。丝丝蜷在窝里，身子弯成了圆，把小狗狗圈得紧紧的，几乎看不到。母亲不让碰，说做妈妈的母狗很凶，会咬人。我可不怕，我去摸丝丝，它很安静很温顺地看我，底盘很稳，只眼睛瞟我，我感觉它眼神都柔和了好多，做妈妈真的不一样了呢！豆子蠢蠢欲动，让我捉只小狗狗给他看，我才不干呢，小小小小的，太软，多像老鼠啊。

母亲紧随其后回家了，得知丝丝现在滴水未沾时，我很紧张。小狗狗要吃奶，丝丝应该吃得更多才对呀，而且要加营养呢！我和豆子努力想看清小小狗的模样，并努力猜测着像谁，被母亲连唤带吼了好一会儿才离开狗窝边。

我拎着鸡肉想给丝丝吃，却被母亲呵止住了。母亲说丝丝吃了肉，小狗狗吃它的奶会拉肚子的。可丝丝不吃总不是回事啊，我担忧地望向狗窝。母亲说可能因为丝丝肚子疼，我觉得才不是这样子的，它都已经生了狗宝宝了，怎么还会疼呢？我试着把狗粮托在手上给丝丝吃，果然，它狼吞虎咽，应该是饿坏了。我试着想把它引出狗窝，它努力伸长脖子，努力吃我手中的狗粮，吃不到了也不肯离开狗窝，眼巴巴地看我，我不忍心，一点儿一点儿地喂它。

我逗土豆："你做爸爸了耶。"土豆却一脸茫然。它颠啊颠地随我走到狗窝边，丝丝温柔不复，龇牙咧嘴，狠声发出强烈的警告，土豆不明所以地看它，试图走近，丝丝第一次让我见识到什么是"森森白牙"，满身的毛根根竖起，瞪大溜圆的眼睛，面目狰狞可怕，凶神恶煞一般，让土豆心生寒意，止步不前。

晚上回来的时候，丝丝仍然在窝里，一步不曾离过。丝丝把小狗狗带得真好，它蜷曲的身子就像一个臂弯，一声不响地圈着小狗狗，还不时转动体位，小心翼翼地寻找最合适的姿势，眼里满满的全是温柔，爱。

突然忆起曾经看的一段视频：沙滩，大脚，灌木丛。一只大鸟拼命地拦在大脚前，极尽所能搞怪，似乎想引起大脚主人的注意，并努力把他们往别处引。成功后返回，摄像头跟在后面，发现了一窝小鸟……

于是想到了一个词儿：舐犊之爱。

萌哒哒

狗宝宝会走了，是真正的会走，而不是挪着肥臀在地上蹒跚。想想它们两天前那样子吧，宽宽厚厚的身体几乎是与大地相连的，胆战心惊地趴在地上，看不到小短腿儿，一边拼命地挪移，一边哼哼唧唧地叫，一不小心就是一个趔趄，这能叫会走路吗？顶多叫爬。然后呢？看到小短腿儿了，颤颤巍巍地站直了，明明是想往前行进的，身体偏偏在往后，真是奇怪呀！就这样挪动着笨拙的肥胖的身体，或爬或退了两天，似乎在进行热身运动，又似乎在找感觉。总之现在狗狗会走路了，是一下子就会走的那种。心下觉得奇怪，为什么狗宝宝不用妈妈教就会自己走路了呢？小狗狗在走起的时候，丝丝可都是在忙着跳来跑去求食呢，看来这点上狗狗比人类要聪明。

我是听到声音赶过来的，虽然叫声不大，可听得出是受到了惊吓。我跑过来的时候，便看到大黑已在地上了，正一脸迷茫不知所措地站在窝的外面，刚才的叫声应该是它的吧？莫非是丝丝不小心带出来的？二白正准备出窝，抬脚跨的同时一声凄惨的叫声又起，原来是这样的呀，窝高出地面有三寸，小傻狗不知有一个门槛，一只脚刚探出旋即滚了出来，毛球球一样的，站起来的时候同样的懵里懵懂。最是慢性子的三皇见到大哥二哥离家出走，也匆匆赶到窝边，骨碌也滚了下来……

三兄弟你看看我我看看你，顾不上疼痛，立即撒开小蹄子就跑，一只出门向右，一只出门向左，一只直走，丝丝过来的时候显然被惊住了，用嘴拱拱这只，又跑过去拱拱那只。早就发现它不会用嘴巴叼小狗，眼见它把前行中的小狗一只只都拱翻在地上，咕噜一下又爬起来继续跑，并不稳，像极了肥大的荷兰鼠，一不小心还是会摔跤。

兴致勃勃跟着丝丝跑来跑去的土豆倒是乐坏了，颠啊颠地跑过来，一会儿摇摇这个的耳朵，一会儿拽拽那个的尾巴。满以为小狗狗会被糗坏，哪知道很快就加入了搞打的行列。大黑最是灵活，跟丑丑扭成了一团儿，丑丑嗖的一下窜出去，大黑一个熊挪移，转身就去舔三皇的嘴巴，三皇不甘示弱，两个你咬我的唇，我啃你的鼻，看起来就像嘴啃嘴，乱作了一团。二白插不上嘴，只好爬到大黑的身上去，呐喊助威。

丝丝终于过来了，三个立即偃旗息鼓，跟上妈妈跑进了窝里，直往丝丝肚子下面钻，争先恐后地吃起了奶，丝丝调整好一个舒适的位卧下，便只见到三只小狗狗圆溜溜的肚子和后面用力蹬着的六条小腿了……

吃饱喝足的小狗狗安静地趴了一会儿，满以为它们要睡觉了，却全伸展开四肢，伸起懒腰。大黑还不过瘾，竟然仰面朝天，小短腿用劲往外伸，小身子一扭一扭的。那两个小家伙立即赶了过来，很快又扭成了一团。

小狗狗，萌哒哒。

狗宝贝

狗宝贝有三个，大宝二宝三宝，出生第十三天，也就是1月10日，眼睛终于在我和豆子的期盼中开了一条缝儿，真的只是一条缝儿，像根细线，见不到眼珠眼球儿，豆子情不自禁地想去把它们的眼睛扒开，我被惊吓了一下下，喝止，豆子只好作罢。

虽然只是一条缝儿，也足够让我和豆子欣喜若狂好一会儿，豆子左瞧右瞧，一只一只捧在掌心，还让我用手机把它们萌哒哒的样子拍下来。豆子早就想帮狗宝们拍照了，我说："眼睛闭着拍下，多难看呀，等眼睛睁了吧！"豆子问要多久，我说可能三天，母亲说要一个星期，豆子巴巴地等。一个星期毫无动静，我便猜半个月，豆子又望眼欲穿地等，这不，第十三天，猜得还蛮准哦。

狗宝宝很小，就土豆和丝丝那娇巧玲珑的傻样儿，它们能大到哪儿去呢？不过真的小，这是我看到的史上最小的狗狗，即使土豆回家的时候都超过一个月了，我还是被它的小乐到了，玩具一般捧在手上半天。狗宝们刚出生那天，掌心大小，我直觉就像小老鼠，无论豆子怎样央求，都不敢捉。豆子也不敢，他是怕丝丝，母亲叮告他，生宝宝的狗狗很凶，豆子相信生过狗宝宝的丝丝不会对我凶，果然。

刚出生的狗宝宝有一个地儿是大的，那就是肚子。真奇怪呀，圆鼓鼓的，就像吃撑了的样儿。什么时候我开始小心翼翼地把狗宝宝托在手上的，我已经忘了，总之是情不自禁之下，暖暖的，软软的，手感不错哎。欢喜，从我的骨头缝儿里丝丝缕缕地渗透出来，绵绵无尽。

每天我和豆子一回来都是直奔狗窝，两个头颅稀罕地友好地紧凑在一起，四只眼睛齐刷刷地兴致盎然地目不转睛地盯着看，专注的程度不亚于看世锦赛，总在母亲反复的催促之下，仍旧依依地赖着不走，直听到母亲用吼的“饭冷了”，直看到狗狗用肉眼可见的速度一点一点长大，被托在了掌心。

被托在掌心的狗狗外形已经有了一点变化。肚子紧致了好多，脑袋占了身体的三分之一还多，脸上的毛皮皱皱的，却不丑，嘴巴宽宽的，秃秃的，耳朵立着，拖着小尾，浑身的毛像抹过油一样光滑、顺溜。既不像土豆，也不像丝丝，我却知道它们都会长得变的，所以不着急。它们是那么的无忧无虑啊，总在哼哼唧唧地寻找奶源。

母亲说让我把土豆和丝丝都送掉，三只狗宝宝中留一只下来。豆子让我把三只狗宝宝都留下，我便问他：“那两只大的送吗？”“不！”豆子回答得很干脆。这是要我开宠物店的节奏吗？

哀哀父母，生我劬劳

01

母亲大声喊我过去，因为丝丝在赶两只狗宝宝，不肯它们吃奶。母亲认为是狗宝宝长了尖的细牙，会咬到丝丝，丝丝怕疼了。

我过去的时候，丝丝果然在闪躲，很认真的样子，无论小狗狗如何锲而不舍，总是在不大的空间想办法转身挪移，尽一切所能阻挡。和当初想办法放最舒适的姿势给狗宝宝喂奶的慈爱成了截然相反的对照。

这是丝丝给狗宝宝断奶的架势啊，我以为。

果然!

02

丝丝非常坚定地护在食盆边，龇牙咧嘴发出呜呜的低吼，不是虎视眈眈地盯着小泰迪，就是浑身戒备地盯着土豆儿，禁止它们靠近。抽空儿就用嘴鼻拱拱两只小狗宝宝，把它们拱到食盆边。

小狗宝宝开始有些茫然，后来整个的都趴进了低矮扁平的大的食盆里，摔了几个跟头后，慢慢尝试着用小嘴巴舔起狗粮，似乎感觉到了香味儿，就噘起小嘴巴，摇头晃脑地嚼了起来。再然后就听到了嘎吱嘎吱的脆响，一声又一声。

小狗宝宝似乎吃饱了，在一边快活地搞打逗趣。丝丝就埋下头，一门心思地很快把盆里剩余的狗粮一扫而光。

03

这样的镜头开始重复上演，有一次恰好豆子在，我就把豆子喊过去看。豆子嬉笑：想说什么噻？知母莫若子，我也笑：丝丝觉得狗宝长大了，要它们自食其力。豆子装没听到我的话外音，不以为然地说：我早就发现小狗宝宝长牙了，让你喂狗粮，是你说天太冷，没有肯。又加了一句：丝丝比你厉害。

04

想到了一个故事：

在教飞行的课堂上，老鹰会把小鹰带到一片悬崖上，还未等小鹰站稳便一下子把它推下去。小鹰为了生存，只好拼命地扇动翅膀。可是小鹰总是飞出不远就跌到山涧里。老鹰便将它们抓上来，重新进行练习，一次又一次。小鹰在吃尽苦头后，终于学会了自由自在的飞翔。

我无从考证这个故事的真实性，我还看到过更残酷的说法：

那些被推下悬崖而能胜利飞翔的幼鹰，会被母鹰残忍地折断大部分骨骼，然后再次从高处推下，有很多幼鹰魂断山崖，而被折断后仍能忍着剧痛不停地振翅飞翔的小鹰，翅膀不断地充血，不久便能痊愈，而痊愈后翅膀则似神话中的凤凰一样死后重生，长得更加强健有力。

这种“鹰式教育”的真实性有待考察，但它的目的性很明确。残酷无情的母鹰逼小鹰离巢他飞，目的是让孤苦无依的小鹰懂得——要坚强，要靠自己，不断地飞，拼命地飞，才能飞往属于自己的碧海蓝天。

05

我不知道“鹰式教育”是不是挫折教育，但我知道，在教育后代方面，动物是值得我们人类学习的。小狗狗是自己从窝里颤颤巍巍地站起来的，是自己迈开了前行的第一步，从窝里出来几乎全用滚的，所有的一切，都是顺其自然。

我们的民族是一个很伟大的民族，“父兮生我！母兮鞠我！拊我畜我，长我育我；顾我复我，出入腹我。”《诗经 · 蓼莪》很细腻地传达了父母对孩子的痴情眷恋，作为父母长辈，一辈子拼命，为孩子，包办呵护几乎成为一种习惯，无论多苦多累，所有的一切都要给孩子安排好。我们的民族也是一个非常怪异的民族，孩子上什么学校考什么大学甚至工作，都要按着父母的心思走。这还不算，工作了，娶妻生子，置田买屋，都是父母一手包办，好像不这样做，父母就对不起孩子，孩子没有你就不行。一代又一代，每一代都是在为下一代活，有哪一代是在为自己而活呢？

我们的孩子呢？从小生活在小皇帝小公举的家庭氛围中，所有人围着他一个转，“苦什么都不能苦孩子”，在可能的范围内极尽所能，有求必应，强求也应。故而孩子的独立性，承受人生挫折的能力非常有限。现时下，看着幸福满满的孩子，又有多少真正快乐？有相当多的一部分孩子在遇到困难和挫折时，悲观沮丧，焦虑自卑。更有甚者，萎靡不振、轻生自杀……

如何爱孩子？鹰式教育，未免残忍，必需的关心与呵护还是要有的，尤其成年之前，培养孩子健全的人格，完善孩子身心健康，与孩子共进退，培养良性的抗挫折能力，这是我们义不容辞的责任与担当。一旦他们进入社会之后，我们就应该放手，各自过自己的生活，辛苦也好，努力也罢，各自安好。陪伴成长，是爱；长大了不打扰，是爱；爱自己，也是最好的爱呀！

第八辑 踏春梅花山

一瓣梅花，从高高的枝头悠悠飘落，轻轻地越过众人，飞至我的发梢……

踏春梅花山

“踏春梅花山！”对，南京梅花山。想看书里梅开的盛景，想看梅花山人山人海的盛况，更想亲力亲为地穿行在梅枝间探春。于是，周末邀上姐姐，携了豆子，出发。

那写在小学课本上的梅韵，离唐诗宋词很远，却因为高速公路的穿越和长江大桥的飞跨，将我跟梅花山缩短到两个多小时的车程。山路十八弯，一路山寒水瘦，姐姐直担心踩空，我不担心，书本上写着呢！

去时天阴阴的，抵达不久云开日出，目力所及，一派晴好，老天也是善解人意！

进入景区，便有梅树两三棵，稀稀疏疏，点缀路旁。粉的，红的，密匝匝的，诱惑着你一步三叹，却不小心走进了明孝陵，把梅树走丢了。我的目标专一，明初的建筑和石刻艺术一瞥而过，扭转头继续探梅。果然，方向完全反了去，不久，才真正踏入了梅花山。

风吹枝摇，花香流转，绕过鼻息，沁入你的心脾，渗透进你的血脉，似乎你的呼吸，也是馨香盈盈。眸光及处，全是梅树，一株一株又一株，一丛一丛再一丛，眼睛不知道往哪里瞅，只好跟上嗡嗡叫的小蜜蜂，在梅间穿行。

眼前的梅，千般风情，万般妩媚。玫红、桃粉、淡绿、莹白，或绚烂明丽，或清新雅致，或甜蜜可人，温润的花瓣，含羞带笑、宛若飘落凡尘的仙子，茸茸的，漾着盈盈的水意，不管哪种花姿，都让你心生喜欢。

就这样看看走走，走走看看，除了惊叹，还是惊叹，梅丛中游客三五成群，或情侣一二，争着与梅合影，无论老少，春风荡漾的脸庞上洋溢着芬芳，全笑成了梅样。

姐姐建议登临山顶，以观全景，欣欣然应允。走至路道中央，或仰视或俯瞰，又是一番景象，倚山植梅，以梅饰山，但见漫山遍野，白云栖树，红霞落坡，真个是“梅以山而秀，山因梅而幽”。梅树错落有致，梅间人影憧憧。置身花下，发丝随风轻舞，鼻息间暗香浮动，此时此地，此情此景，不是仙境，胜似仙境。

闲庭信步，越往上走，梅树越大越奇，有的枝干盘曲，矫若游龙；有的扶摇而上，狂放洒脱；有的疏影横斜，苍劲朴拙……映着密匝匝俏生生的梅朵，树树争奇，棵棵争艳，如云似雾，真是美不胜收！游客们在梅花间摄影留念，笑脸和梅花争相辉映。

行至山丘平台处，见一群人簇拥排队，争相拍照，凑近一看，果然，第一梅花山的镇山之宝，来自明代的“梅王”，这株梅树罕见的高大，树干上部的红梅风姿绰约，神采奕奕，如蝶绽翅，与古朴虬健的老树粗干相映成趣，和谐圆融，说不清道不明的意趣、雅味在眼前流淌。一瓣梅花，从高高的枝头悠悠飘落，轻轻地越过众人，飞至我的发梢，豆子用手去拂，我轻轻阻止，任它钻入我的发中，与我浑然一体。

“梅王”右侧的一树白梅唤醒了我所有的感觉，没有标注，但我猜它是“梅后”，这棵梅树秀气得多，枯树老干上，白蝶翩翩展翅栖落，花花剔透，蕾蕾清幽。若雪，胜雪，在惊叹声中，我与之合影留念。

站在山顶回望来路，两边花海似祥云，让你的心踏在云端，只想唱一支没有词儿的欢歌。路道间纷至沓来与纷至沓去的游客似华丽丽的瀑布，又似云锦，人们的笑颜在燃烧，不知是因为花而艳，还是花因了人而更娇。

终日碎碎尘世间，忽闻梅开春登山，偷得浮生半日闲，肆意东西，恬然如花……

快意爱情隧道

“豆子，起来，看你，把我带到荒郊野外来了。”我调侃正在梦乡环游的豆子。

“哇，这是哪里啊？”豆子一跃而起。

真的呢，的确走到了荒郊野外。

四周蓬蓬的杂草恣意地长成一汪海，草海。没有屋舍，没有村庄，路边停放着不很多也不算少的汽车。我知道，就是这里。

一段铁轨。

两行努力长成牵手的杂树。

这就是位于南京市江宁区的爱情隧道。

是豆子的学姐介绍给学弟学妹们的去处。

这段幽静的路道，被誉为“南京最清新铁路”。走红于2014年，被一位南京小伙子发现，用相机拍摄下来的9张照片上传到微博后，打破了长长的清寂的时光，引来了不少摄影爱好者和情侣，因为酷似著名的乌克兰爱情隧道，因而也被冠之为“爱情隧道”，中国版的爱情隧道。

全程约2公里，小心翼翼地缓步走在铁轨与石子铺就的铁路上，但见两旁多是小时乡野屋舍前后任意长的各式杂树，无一例外地纤细清瘦，不高大，不粗壮，甚至算不上繁茂，但密匝匝的，一眼望去，形成一条原生态的碧绿的“拱廊”，状似隧道。还像什么呢？凉棚。是了，路道两旁葱郁的树木，连成的穹庐，像极一首清新的民谣，而蜿蜒向远方的铁轨，则像一瓶陈年的佳酿，我想到了《魂断蓝桥》。

慕名而来的游人三三两两，有情侣，有童稚，有老翁老媪，不时在铁道上摆各种造型，留影纪念。亦有不少挎着单反的，忙个不停。

天空一碧如洗，有独属于这个城市的热火火的阳光，从密密的树的罅隙间挣扎而下，喷薄而出。形成一束束一块块粗粗细细奇形怪状的光柱和光斑，把原本娴静的林荫照得通透明亮。薄薄的柔柔的光柱光斑远远近近地涂抹在游客的脸上身上，便有了淡淡的欢喜，薄雾般的，轻纱般的，成就了一幅幅光与影绘就的画……

这些原汁原味、原生态的风景枝叶算不得大美，甚至有几份朴拙，恰如纯粹的爱恋，狭路相逢，沿途的风景是一种成全，而与你一起看风景的人和看风景时的心情，是另一种成全。

视线有尽头，隧道看不到尽头，有些懵怔，那铁轨像刻在旧时光里的感动，那间杂其间相牵的双手，那走在铁轨上小心翼翼的人儿，带着被人喜欢的感动和喜欢别人的心跳，和着上面的树枝努力长成守望和牵手的模样。

这就是爱情的模样啊！

云　端

出现在机场的时候，心里依然忐忑，紧张、新鲜、期待、不安等感觉蜂拥而至，第一次乘飞机呀！网上提示提前两小时，我一不小心就提前了三小时。过安检换登机卡循着指示来到了候机室，静静的等待中，暗示着自己——我有足够的耐心。眼睛不肯歇着，感觉候机大厅和候车室差不多，人们的样貌也大抵差不多，心情渐渐平复下来。

有飞机起飞划破气流的声响，也没有特别的好奇，想让所有的新鲜都按部就班，理所当然。什么原因延时半小时我不清楚，但等待显然又被搓细拉长。

目光毫无焦距地看向入口的时候，进来了两位老人，老太有些手忙脚乱，一不小心就把机票拉掉在地上了。我满以为她自己会发现，却看到她丝毫不停歇的脚步，忍不住开口大声提醒，得到了一连串感谢，心情也大好，感觉自己是一个有用的人。

终于检票。走向飞机的时候风很大，自己被吹成了一张薄片。飞机没有想象中的大，总感觉像海豚，我努力地想把它想成大鸟的模样，可是做不到。机舱里很安静，像录像厅，要干净整洁得多，拉得长长的，一行六座，三四百人的样子。我就是感觉不到它的大，真是奇了怪了。

我理所当然地选择的是靠窗的位置，现在没有什么好看的，除了两侧的飞机。安顿下来后，便开始专心致志地看美丽的空中小姐，的确很漂亮，可是看到的都是绘画版的了。我努力想象，去掉那些颜料她们会是什么样子的呢？一定会更漂亮吧。空中小姐微笑着走过来对大家讲了几句要注意的事项，声音软软糯糯的，很好听。

虽然有很强烈的拍拍高空窗外景致的念头，我还是听话地关掉了手机。过了一会儿，只觉得脚下有些许的晃动，飞机似乎在跑道上跑了很久，终于在一个右转再右转之后，舱外传来了机器的轰鸣声，很像摩托车加油门儿。一阵隆隆的奔跑之后，飞机像跳水运动员一样，霎时腾空而起，不是下落，而是一飞冲天。机身渐渐地向上斜，越斜越高，有失重的感觉，和电梯快速上升一样，心一下子悬空，似乎没了着落，我怕它要从胸腔里跑出来，按照网上的提示，快速地嚼口香糖。没有预想中的那么害怕，倒是嗡嗡的轰鸣声让我感觉不适应。飞机很快就平稳了下来，嗡嗡声丝毫没有减轻，我赶紧撕了两团纸塞进耳朵。

等我平静下来，把脸贴到窗玻璃上时，直后悔不已，此时我看到的地面，只能用模型来形容。我已经无法分辨地上的一景一物。只是本能地觉得哪儿是楼房，哪儿是田野，全凭色彩与感觉。我满以为会像巨龙盘卧的马路，现在就像一条细细的绵长的绳索，我都无法用蚂蚁来形容汽车，因为我根本就看不到。这一瞬间，我只能慨叹造物主的神奇，莱特兄弟的伟大。我被征服了，被无穷无尽的智慧。

慢慢地，地面上的所有景物都渐渐地模糊起来，终至消失不见，舱外似乎一下子就变黑了，根本不是我听闻的碧海蓝天，我并不罢休，瞪大眼睛，希望能看到属于蓝天的景象。倏忽，我竟然又看到了大地，此时的地面有星星点点的亮光，天黑了吗？

飞机穿过一片灰蒙，似乎越飞越高，爬到万米高空，飞行在云端之上。云海，白茫茫的云海，底下那一波一波高耸的山包涌浪一样的。不对，云山，一堆堆的白云密集地聚在一起，隆起来，形成高低不平的山峰，错落有致地分布着，排列着，重峦叠嶂，高低起伏。我努力地在脑海中搜寻着词汇，终于明白眼前的白只有雪可以媲美。一会儿雪原无垠，一会儿雪山连绵，雪却没有这样的柔软和妩媚。大朵大朵的云团，是那样的洁净，仿佛开满了一池池的白莲，我益发地觉得飞机像海豚了，好奇怪的感觉呀！

飞机在云层上空平稳地飞行，越飞越高。机舱外的云已经可视地分成了三部分，一开始的云海真的成了海洋，降落在最下方，仍是白茫茫的一片。中间的云跑在了远方，翻滚着，携卷着，如涌浪，争先恐后地追逐，热闹地奔腾。而此刻，飞机定像大鸟，在第三空间，带着我们在流云之间穿行。是呢，流云，薄薄的，透明的，好似一伸手就能摸到，宁静而迷离，像极墨汁滴落水间洇染开的画面，云朵不白，烟灰色，一幅幅婉约的水墨画在弦窗外移动，飘浮，仿佛将我们载进了神奇的天庭。

几乎所有的人都被窗外的云征服了，开始还有小声的议论，后来整个世界仿佛就只剩卜窗外跌宕起伏、奔腾不休的云朵了。

正当我沉醉于云山雾罩之时，机身突然剧烈颤抖，一会儿向左倾，一会儿向右歪，像在海上颠簸的小船。团团黑色遮住了机翼，窗外一片迷蒙。广播中传来了“飞机遇到气流，请系好安全带”的通知。我立刻从梦幻中清醒，慌慌地抬眼，镇定自若的空姐让我的心安稳了下来。不久，飞机就又平稳了。这样的状况又有两次，知道不会有什么危险，也就不以为然了。

空中的云雾终于由净白、浅灰、淡青混合着变成一片迷蒙，天完全黑了。很多人闭上了双眸，东倒西歪地打盹儿，而我，睡意全无，感慨浩瀚无边，渺无人烟的高空，飞行员不仅要识别方向，按设定的路线准确无误地飞翔，还要越过已知和未知的气流等突发状况，保持飞行的平稳与安全，载着几百号人，飞越万水千山，顺利抵达大地的另一边……望着眼前显示屏上浩瀚的宇宙，看着飞机在上面一点点滑行，既感慨着人类的渺小，又震撼着人类的伟大。

时间在不知不觉中流逝，不知道谁的提醒："飞机要降落了！"大家纷纷从迷蒙中惊醒过来，一个个都像打了鸡血一样精神，瞪大双眼往外看。只见窗外万家灯火，如星如眸；马路上的灯火，如流动的钻石，赤橙黄绿青蓝紫，五彩斑斓，华光四射。有的疏散在四方，有的密集成一簇，好一派神奇壮观的景象。

此时，飞机已开始往下降，一阵轰鸣与剧颤过后，终于稳稳地落在了大地之上。经过两个小时的飞行，飞机终于抵达目的地。

风情街

平遥古城内有一条风情街，极大地吸引了我的注意力。

吸引我注意力的，不是其他，就是风情。参观完儒学殿堂文庙，一路南行，进入云路巷，我便情不自禁地欢呼起来——好漂亮啊！

怎样个漂亮法呢？这虽然是一条老街，却有眼前豁然一亮的感觉——街老景色新。翻修得不露痕迹的明清建筑簇新，飞檐翘角，木质的斗拱和彩绘，富丽堂皇。屋宇门楣挨着门楣，屋脊连着屋脊，蟠龙云飞的雕花红木门古色古香，小街两旁挂满了红灯笼，各色新潮的小店，猛一看一个样，细看毫无一致。五花八门的招牌，错错落落的窗棂，活灵活现的石雕和木雕，绿叶纷绕的垂蔓儿，酒瓶木盘等各式新奇的缀点……都扑面而来，有种一拥而上的感觉。细看了才知道这条“风情街”其实是酒吧一条街，想来晚上，红灯绿火，该是多么的迷离梦幻。

只是此刻，大白天的，在这里来回走上几趟，既无车辆亦无喧嚣，甚至多久不见一人，街道空空如也，便让时光悠悠缓缓了起来，这世界便是我的啦。喜欢这种感觉，古老却不古旧，风情却不媚俗，诗意款款，婉约流转于每片黛瓦，每块青砖，每个门楣，每个装点，每个角落，恍如隔世的时光。

细细落眼处，你无法不惊叹，老街不老，真的不老。处处闪现现代文明和历史文化的融合，处处洋溢尘世生命与人类智慧的结晶，处处倾诉传统与创新的华美交汇，在我眼里，它是古城内一道最独特而靓丽的风景。

倘若不是时程太紧，真想看看风情街的夜景，徜徉于夜幕下的云路古街，那才会真的风情万种吧！或者找一家茶吧，临窗而坐，泡盏花茶或咖啡，望皎皎明月，品绚丽光影；或者走进一家酒吧，边小酌边欣赏霓虹闪烁下的异域风韵，释放压力，点燃激情……风情街，一个寄情寻梦的地方！会不会于灯火阑珊处，引领我穿越时空，回归那些逝去的岁月？

古城平遥，魅力无限；风情云路，如梦如歌。就让我布鞋踏过的足迹，留下永恒的记忆吧！

彩云之南，我在蓝月谷

玉龙雪山是丽江的一大著名景点，到丽江旅游，当然想去玉龙雪山，8月，玉龙雪山会以怎样的面目迎我？会有积雪吗？风会卷起雪花亲吻我的眉梢吗？

突然不敢做太多的绮丽的梦，心心念念的洱海见的不过冰山一角，倘若玉龙雪山像导游说的，连票都买不到，该是怎样沉重的失望。

极好，进入玉龙雪山景区安顿好了两大活动，上午先去蓝月谷，中午去雪山乘冰川大索。

进入景区，我便失了方向，隐约听得导游说蓝月谷位于雪山的东麓甘海子以北，云杉坪南侧的山谷之中。心随车行，山路十八弯，两边山脉绵延高耸，林木错综幽森，不时听得右前方几声惊呼，透过树的罅隙，窗外惊鸿一现的竟是一汪绿，疑似瑶台琼境，非常震撼，导游介绍便是蓝月谷。

左侧尚在遗憾，山路一转，画风跟转，换作左侧惊呼连连，原来源自雪山之巅的万古冰雪，消融化水之后沿峭壁向下流淌，汇聚，最终在蓝月谷上游深谷之中形成了湖泊。又因山体承转，高低错落，溪流在流淌过程中随山势兜转，最终蓝月谷里形成了四个大的湖泊。我们沿路远观的当是“玉液”湖和“镜潭”湖，车最后停在“蓝月”湖。

眼前近似透明的蓝月湖，如一娴静清雅的仙子，似乎稍一触碰，便会如晨雾般消失不见，清透得不真实。地接导游是一纳西族胖金哥，我们顺着他的指点用湖水净手洗脸明目，清洌寒凉的湖水，让我的心气神儿为之一爽，人也似乎变得澄澈通透。在纳西族人眼里，雪山是一座神山，心怀虔诚，有求必应。不管神山是否会庇佑异族之人，万里迢迢到了这样一个神圣之地，一定得用自己的方式，虔诚地为自己所爱之人和所有爱自己的人祈福。便依照当地习俗，学着纳西族胖金哥虔诚地双手合十，时光桀骜，岁月艰难，愿自己在乎的人一定要平安健康快乐，愿我虔诚的祝福，陪着你们，到地老，到天荒。

导游见我好奇，便耐心地告知湖水里含大量硫酸铜，故而呈蓝色。倘若下大雨发大水，山上流下许多包浆，湖水则是乳白色，又称白水河。

众人皆围在湖边合影留念，我匆匆登上半山腰的观景台，努力想看清蓝月湖的形状，不像月，但那奇异梦幻的蓝色倒似一地的清辉，嵌在幽谷之间，四周绿树繁茂，远山云雾缭绕，都与它毫无关系，它就那样安然宁静地蓝着，凝成一块温碧的玉，无须取悦谁，也无须惦记别人的赞叹与艳羡，你来，或者不来，我都云清风淡地在这里……

集合的时候，我没到，是真的忘返了。又因忙着拍摄，电话也不曾接到。两孩子噌噌噌窜上半山腰找到我时，慌得我心漏跳几拍，急急跟了后一轮的电瓶观景车，直往集合点，再无心观赏身侧的湖光山色，生怕误了下午的冰川大索雪山行。

下得车来，见尚有一段路，忍不住又被勾了魂儿，但见水流清澈，时宽时窄，一路逶迤，淙淙作响，有如天籁，蓦地河谷陡低，形成了瀑布，落入又一深潭，便是“听涛”湖。没有洪钟大吕的辉煌气势，只有大珠小珠滚玉盘的秀美。

紧赶慢赶总算在上山之前追到了大部队，对于我这样一个本身方向感极差的人来说，再不敢有丝毫懈怠。

大理古城半日行

知道大理，源于《天龙八部》，源于段誉。

有证可考，说帅气多情，风流倜傥的段誉不只是金庸在《天龙八部》中虚构的人物，他的原型就是文安帝段正淳之子，大理国第十六位皇帝——段正严（又名段和誉）。

伫立在高大威严的大理古城的门楼前，气宇轩昂、飞檐翘角的三层堡门中央，"文献名邦"四个绿色的大字饱涨了我的视线，雉堞连绵，谯楼蔚然，巍峨苍迈的古城墙上彩旗飘飞，让我不禁浮想联翩，白底烫金的"大理"二字，又让我想到那个白衣少年……

移步前行，手抚着城墙往幽深处行进，那些凹凸不平的巨型石砖，深深浅浅刻录着遗落千年的时光，它们是没有经过修葺和装饰的。穿越门楼，走进大理博物馆，站在时光的隧道里贴近那些绿树掩映中的仿古建筑，去认识那个在1982年被国务院公布为全国首批24座历史文化名城之一的古城——

大理，东临碧波万顷的洱海，西依青翠屏列的苍山。山川秀丽，历史悠久，文物众多。民族风情多姿多彩，是云南最早的文化发祥地之一。早在5000多年前，白族先民就在这片美丽富饶的土地上，劳作繁衍生息，唐宋两代，南诏大理国，分别在此建都500余年。公元1253年，元世祖忽必烈攻破大理，建立云南行省。明清时期，大理作为滇西政治经济文化中心和重要交通枢纽，享有“文献名邦”的美誉……

随着美丽的白族地接导游胖金妹温情的讲解，我们漫步在新石器时代，春秋战国至汉晋时期等各个时期出土的珍贵文物面前，在我眼里，那些貌不惊人的石刀石斧石凿，网坠纺轮陶碗，以及那些锈迹斑斑的“洱海青铜文化”，它们却是大理的悠久历史和灿烂文化的见证。

让我最感惊奇的却是，大理的那些民俗民居上面的雕梁画栋，以及墙壁上的很多绘画装饰，都跟我们民间做七用的“库”文化极其相似。

我象征性地在园中的碑林前逡巡，我不喜欢碑刻，读那些碑刻太费脑筋，我更喜欢静站一边，看那些仔仔细细认认真真看碑刻的人，我只是习惯性地转一下，表示自己来过。

参观完园林式的大理博物馆，后来又从洋人街一晃而过，洋人街原名“护国路”，意为民国初云南人民反对袁世凯称帝，起兵护国而得名。后为适应开放旅游的需要，定为大理一主要景点，每一个古城，每一条古街，都因为前来游玩的众多的游客，而变得商业化了，洋人街两边酒旗招展，商铺林立。胖金妹说，洋人街有很多小酒吧，一到夜晚，这里灯红酒绿，游客云集，特别热闹。

大理古城布局是明、清以来的棋盘式方格网，有九街十八巷。“洋人街”是其中笔直贯穿东西的小街之一。要想看白族传统建筑，倒适合来洋人街。三坊一照壁、四合五天井，白墙青瓦矮围栏，院门有檐有顶，四角飞檐，梁上饰以精致的水墨画，胖金妹介绍说，水墨画的内容昭示着主家的富裕程度，房屋的窗棂门栏都用雕花木格子，陈述着白族人的生活起居习俗。

最后在蒋公祠转了一圈，蒋公祠是祭祀清代将领蒋宗汉的祠堂。却因脚力有限，一晃而过。

走得匆忙，游得粗略，跟着导游的团游，行囊里装着的收获里总连着遗憾。也许正因为如此，才更容易让人念念不忘吧。

三塔景区小确幸

参观完三塔寺，倒坐在观光车上，一边惊叹佛都的庄严肃穆及雄奇，一边依然不能从苍山的高耸绵延，俊秀入画中醒转，直至下了车，一步三回首，三步一叹息，只愁相机不能随了人眼，拍出立体的山貌妙境。

缘路下行数十步，突有异声打破宁静："那是什么？"

"什么？"我们齐刷刷循音转头，眼前草地一片翠色，山高林疏，啥都没有见着。

再行数步，惊叫又起："快看！老鼠还是黄鼠狼？"

哑然失笑："无论是老鼠还是黄鼠狼，我们那边不都有嘛？大惊小怪。"

"啊，我说的不是老鼠，是松鼠！"

"松鼠！"我们再次把目光投向草丛和树丛。果然，有纤细长尾的松鼠探头探脑，敏捷地在草丛中跳跃前行；有倏忽攀援上树的，在叶子后面捉对呼应；有迅即俯冲直下的，稍停片刻，小黑眼珠滴溜溜直转，连跃几下，顿住，不知从草丛中捡起什么，立起，双手捧着送到嘴边，似啧啧有声，其态可掬……大伙儿不觉莞尔，加快步伐，紧随其后，观其行察其态，脚下生风，也变得轻盈起来。

"好想捉一只回家养。"那先发现的，开始痴人说梦。

"那你去追呀，捉只回家养呗。"有戏谑调侃的。

“它们在林中，何等的自由自在，你捉了回家干吗？”有义正词严的。

“也是。”讪讪一笑，“不过看它们这么可爱，真的好想捉一只。”

众人齐笑：“去捉呀！”

似乎听得大家的议论，小东西们倏忽全不见了踪影。

真遗憾间，又有声起：“快看，前面！”

“哪里？哪里？”众皆东张西望，全失了形象。

哈哈，好调皮的一只松鼠。循着石阶枝枝丫丫横亘显得窄细的边沿，杂技一般一条直线逶迤而来，似有频频招呼发出：让开，让开，我要过来。大家伙儿不自禁地往旁边偏了一点。小家伙定是传承了段家公子习得的语嫣姑娘的凌波微步，乘风而来，御风而去，丝毫不理会被它惊得目瞪口呆肃立一边的众人。

后来多多少少又有邂逅。

能让这些小生灵这样的自由自在，无拘无束。南昭大理的三塔寺，想来也是慈悲的。

龙游，神游

早晨，天空晴碧，丝丝缕缕的白云镶在蓝色的天空中，若飞雪似飘絮。现在不是，现在的天空有点骇人的灰，大片大片乌的云，把蓝天白云给遮住了，只露出些许许的罅隙。我不担心，而且觉得恰恰的好。盛夏，天阴阴的时候是适合走路赏景的，我的目的地——龙游河生态公园。

风中带了些许许的雨丝了，这种感觉特别棒，凉爽。

龙游河不宽，很长，如迂回盘曲的龙。沿河走，一路草木扶疏，黄的紫的花，一团团，一簇簇，叫得上名儿的，叫不上名儿的，一丛丛，一片片，热热闹闹的，洗去了所有属于暑天的喧嚣与躁动，让你的心在清水中洗过一般宁静。

美人蕉长在河里，啊，不对的，是长在河边，或黄或红，一片明艳。有黑羽红嘴长脚的鸟，在河边觅食，看看我，继续自由自在着，转到菖蒲草中去了，还叫两声，似乎在提醒我它们的悠闲自在。

太阳又出来了，它一出来就很恣肆张扬，金光万道。草丛里的露珠一下子就惊醒了，圆溜溜亮晶晶的，打着滚儿荡着秋千，瞅着你笑。知了得意地拉起长音，说的是——你怕热你怕热。我却不管它的调笑，忽略有阴凉的地方，绕过木椅长凳，迎着阳光走，心也晒得亮堂堂。

红杉木铺就的小路古朴而又端庄，沉静不失典雅，两侧的木制围栏，让我有进入童话世界的曼妙，我在上面来来回回，走了一趟又一趟。

河道曲曲弯弯，一眼望过去，河中套着河，镶着河，叠着河。翠绿的芦苇细细瘦瘦的，在水里轻摇，特别好看。有两只茸茸的小野鸭在学游泳，倏忽一个猛子扎下去，漾起一池夏水，惊起圈圈微波，是彩色影像里的黑白水墨画。

太阳又隐下去了，凉薄的汗被清爽的风赶跑了。大的鹭丝站在喷泉台上，优雅地踱着步。身边的草坪上有四五只大的鸟在觅食，有一只竟然跑到了我的脚边，刚想笑它傻，它却倏地一扭身，撂下一句：不理你了。

光是凉风拂面，就让我很满足了，满足得想叹息。河西走完了，从蓝色拱桥走向了河对岸。看到了大穗的紫色的花，奇香馥郁。还看到了大片大片的薰衣草和一位锻炼的女子。于是我们互相在薰衣草丛中拍照显摆。

荷塘里荷花不再，只结了小小的莲蓬，留一池的田田荷叶，举着。河岸边的小花忘忧草，绿叶萋萋，黄花灼灼，在炎炎暑热里无忧无虑地盛开！怒放！开出属于自己的那方倔强与灿烂。这一刻，多想长成一株忘忧草，静静等待，地老天荒！

大片的吊兰差点被我认作沿阶草，我正在笑又一种把自己当花开的植物，却惊异地发现上面真的开着小花，原来一种不开花的植物和一种开花的植物是可以长得这样的像啊，就像米兰和小叶女贞！

玉簪花垂眉低眼，淡淡紫幽幽香，一个个小女儿状。绣球花还在凑热闹，开成一捧紫一捧粉还有少见的蓝。

最是东南方向，竟然看到了一大片竹，想到那个特别爱竹的友友，学着他的样儿抚爱竹玉般光滑的肌肤，感受竹清凉的体温。

顺势爬上了一座“山”，香樟成片成林，杜鹃宛若流动的小河，七里香和冬青合成了八卦图，青柳、黑松、合欢、天竺葵……散落其间，似无心似有意。还有曲折婉约、布满雨花石的小溪流……这要怎样的勤劳和智慧，才能造出这不动声色，兼收并蓄，不是桃源胜比桃源的所在？

静静地坐在“山巅”的亭子里，静静地把自己置于长木椅上，静静地放逐自己的目光与思绪。那飞到我手机屏幕上的蜂，那跳到我身侧的大鸟，还有那飞到我肩上的蝶。它们是在和我问候？可我已缺了灵性啊，这，尘世间的烟火。

满眼轻盈的绿，鸟在林间啁啾，风在林梢跳舞，风在我的发丝间点起脚尖儿，轻轻地走动。什么也不用想，什么也想不起来，安安静静的，除了庆幸，我还能想到什么呢？

家乡是很美的。去过一些地方，可能因为匆忙，可能因为蜻蜓点水，总少了从容。在拥挤的人潮里，往往不知身在何方，哪像现在这样。我常常想，把如皋的每一处好好地走下来，看过来，就是一件很了不起很幸福的事情。

小城，如果可以，我愿意做一缕清风，钻屋穿林，把你萦绕；我愿意做一只小鸟，溯前朝唱董冒，和你喜欢听的歌谣；做你行道边的一棵草一朵花也行啊，一生一世都摇曳在细雨微尘里，不为别的，只是为了——仰慕你，爱你。

花开春又回

在母亲的再三呼喊下，我回了趟老家。村与村之间的路障已经陆续拆除，心中久绕不去的梦魇被田野的风吹散。

婆婆纳在风中轻轻地摇动，那种轻盈和空灵能直击人心。蚕豆花睁开特别明亮的眼睛，闪啊闪的，把你的眼也闪亮了。而那沐着清辉的麦苗，翻动着绿茵茵的波浪。远处大片大片的油菜花，牵动着阳光，绽放着喜悦和热情，执着地为春天开着。脚下大葱、韭菜、蒜，全尖尖地绿着。田野是安静的，也是热闹的。站在田头，我才感觉到这世界是活的。

这一个多月的宅，全靠了看一些老电影，读闲闲的文字，捣鼓些吃食度过。网购阳光四溢的向日葵，在记忆中勾勒那些春天的花，想象它们在枝头闹腾的情景。夜静时分，在空旷的路上和风嬉戏。在密密的小区嗅百家的味道。在万众焦虑的时候，能安静下来，井井有条地活着，也算是一种彪悍的生活姿势了。

有友邀约：约么？去空旷的地方。约！下午去了一趟龙游河。由于疫情的影响，游人不多，稀稀疏疏，零零散散，相互绕着走。

龙游河细浪微波，碧水悠悠，如盈盈笑颜。岸边柔软的垂柳娉婷，缀点着鹅黄色的柳芽儿，宛若一粒一粒的翡翠吊坠，清丽脱俗，清新雅致，悬挂成一卷卷唐诗宋词。疫情挡不住春天的脚步，龙游河两岸，处处洋溢着属于春天的气息和风韵。最夺人眼眸的是玉兰花，没有绿叶的衬托与陪伴，不管不顾地栖息于枝头，一树，一片，一坡。白的如鸽，悄然憩立，似乎一个不小心，它们就会展翅高飞。紫的如灯，深深浅浅，把一棵一棵的树点亮了，热烈而浪漫。最多的是红叶李，开放成一片一片的风景，密匝匝的，活力四射，激情飞扬，粉粉的花香让你的心都美碎了。三两株美人梅缀点其间，热烈恣意，肥硕艳丽，明媚而温暖。

似乎很久很久以前，我执着地以为梅是定要开在水边、墙角的，要有"疏影横斜水清浅"的清瘦；玉兰要高立枝头，孤傲、清冷才对。

什么时候拒绝这份审美的呢？是一岁年龄一岁事？还是？对！是第一次读《病梅馆记》！"以曲为美，以欹为美，以疏为美"，病梅乎？病人也！实乃文人画士病态的审美，裹携了自己孤标寡合的气度，而世人便又多迎合，"斫其正，养其旁条，删其密，夭其稚枝，锄其直，遏其生气"，以为风雅。似乎幡然醒悟，爱了很多年的，竟然都是病态的，多了很多的不忍。

便是这样扎堆地开着吧，一大摞一大摞的，随心随性，恣意灿烂，不管不顾地把热情传递到每一片花瓣，每一根花蕊。纵之顺之，出乎自然，怎一个好字了得。一树的花开，朵朵皆如仙子，便是邻家小妹般的，也堪怜惜。春风吹过来，冷雨打过来，蜂蝶扑过来，阳光照过来，月色漫上来，啊呀，照单全收，总是美好。

流连间，偶遇两女，眼见得两枝油菜花，眨眼在指间盘成花环，忍不住脱口而出：小姑娘，手好巧！女子笑：哪里是小姑娘，老太婆一枚。回眸一笑：口罩，也有美颜功能。女子走几步，回转：送你！花环轻盈地递到了我手上！

疫情后第一次去小店吃早茶。听几位老人在议论国事，那个夸赞，那个自豪把个小店涨得满满的。人心的回暖当是真正的回春吧。

行在靖江

趁着六一，几个好友相约，走了一趟靖江。

这个人口只有66万，存在只有几百年的移民小城，我是夹杂着少许生硬的挑剔前来的，所以有一种想当然的错觉。然而，艳阳下的靖江，是我穿梭着惊叹着的一块土地。

01

先是进的一座小园子——靖江公园。

很安静的一段时光。林鸟啁啾，荫翳蔽日，穿行其中，感觉自己走在了时光的缝隙，心里是喜欢的。

安静，是一种智慧。而热情，是一种善待人生的姿态。一朵拦腰长在苍灰树桩上的石榴花，它以最生动的方式跳进了我的眼眸。起初，我以为是哪个顽童从开满花的枝头任意掐了搁在粗糙的树身上的。所以后来，这抹丰盈而鲜亮的红理所当然地安放进了我的相机，一张又一张。

因为这朵令我倾心的花，我理所当然地掉队了，所以，感谢四眼井。

一群人，全部围在一座小的四角亭子里，动作如一地低头，表情如一地专注。这座建于明崇祯十年（公元1637年）的四眼井，到底是怎么回事呢？我撇开四角亭上的字，钻了进去。

井是不奇怪的，奇怪的是四口井站成一个正方形，有三口井的井面像打磨过的一样光滑，侧壁有刀刻斧凿般的条条深痕，并不粗糙，泛着幽幽的光亮，是时光健在且恒久的明证。我想起了一个成语，“绳锯木断”。我的眼前突然浮现一幅画面，一众妇媪姑嫂，同时从四个井眼里吊水，或衣或米或菜，叽叽喳喳，说说笑笑，这里曾是怎样的热闹与繁华？！我忍不住蹲下身把手轻轻贴上去，果然，玉石一样的沁人心脾，一径把我燥热的心从身体里拎出来，洗濯一回，又轻轻柔柔地送回原来的所在，我的内心骤然归于沉寂与安宁。

同行的靖江日报社崔总介绍，四眼井其实只是一口井。井深 7 米，中间最大直径约 3 米，如果这时你大喊一声，井中便会轰然作响，回声四起。闻之咋舌。我再次探身其中，静静地盯着水面，突然觉出妙处，那井下水面晶亮亮的，恰如“眼波”流转，四个井眼，对影成五人，四“眼”井，四“眼”井，奇哉，妙哉！

崔总指指上方的四角亭：井水干净，冬暖夏凉，现今依然有不少人来这口四眼井边汲水。

井上有亭，也属罕见。这四方亭，四周皆有圆形拱洞，状似庙宇，飞檐翘角，四角高挑，从亭脊到瓦当，皆雕有朱雀、玄武、青龙、白虎等图案，既可为古井遮风挡雨，又成了靖江特有的文化艺术遗产，极富韵味。

再次凝望那被井绳磨出深深沟痕的六角形青石井圈，想象井旁排成长龙的担水人。啊，四眼井，四眼井，你多像一位伟大的母亲，哺育这一方的生灵。

出来的时候，途经文化长廊，前面似乎有无数张石桌石凳，上面倒不闲空，坐满了老人，有的打牌，有的下琪，有的唠嗑儿，人人脸上溢满了笑，这是一个实实在在的城市，很人文。初见倾心。

02

还是进的一座园子——西郊公园。

扬州的一个朋友曾经带我们去参观引以为傲的家乡盆景，立时腹诽“太瘦，真不如我们如皋的云头雨足美人腰。”“蜚声海内外”的靖江山水盆景，会带给我们怎样的惊喜或失望呢？

没有失望。

一进展厅，我是完完全全被震慑住了。各式山水盆景流光溢彩，扑面而来，让我错以为进了恢宏的水墨画展厅。

在崔总的指引下，我们直奔精品区——1996年，中国邮政部准备发行一套邮票，在全国选送的众多样品中，靖江的山水盆景一举夺冠，6枚全被选中，发行了一套《中国山水盆景特种邮票》，把靖江的山水盆景推向了全世界。

“岁月峥嵘”“梦游天姥山”“云山叠影”“神峰争辉”“鹰嘴奇岩”“湖上奇峰卷夏云”……每一幅山水盆景，都有一个主题。有的造型独特，如鹰似象；有的陡峭险峻，聚散有序；有的群峦叠嶂，气势磅礴。或拙或奇，或清或柔，或刚健或浑朴。在方寸盆中尽展大山河川的无限风光，意蕴深远，令人目不暇接。我想到了一个词语，“以小见大”。

一樽山水盆景，就是一首诗；一樽山水盆景，就是一幅画。山石嶙峋，水流潺潺，苍松翠柏，浓妆淡抹……穿行其中，仿佛置身于奇妙的大自然，令人心驰神往，浮想联翩。靖江，这个年轻的城市，充满活力与希望，“中国山水盆景名城”，在我这个外行人眼里，都实在是当之无愧。

靖江，初见倾心，再见钟情。

03

不管是哪一段旅程，如果仅有风景，当然是不够的。

下午，我们先是拜访了生祠古镇，那里有抗金名将岳飞的身影。他写得一手好字，文韬武略，无一不精。我们放缓脚步，肃穆了目光。

爱国实业家刘国钧故居与生祠堂毗邻，这位生于靖江县生祠镇的杰出人物，幼年家境贫寒，奋发图强，成为当时声名远播的纺织业巨子，我们小时候非常流行的灯芯绒面料，就是他研发成功的。

绿树掩映中的马洲美术馆，真不会让你相信是一座废弃的工厂改建的。二楼文联主办的“心之韵 · 羽之境”摄影家祁骥程摄影作品展，那一幅幅飞鸟图让我们停步不前。“悲伤的战友”打动了我们每个人的心，难怪获得了国际摄影金奖。

最后一站，马洲艺文馆，是靖江市文联的工作地点，临近靖江十圩港景观带，每个部门都有自己的创作室，环境优雅静谧，艺术氛围浓厚。两地作协的作家互赠新作，在愉快轻松的交流中互通有无。靖江市文联主席王青老师还喊来了正在摄影协会活动的摄影家祁骥程，请他给我们讲述照片拍摄背后鲜为人知的故事。

《悲伤的战友》源自一个牺牲了的消防官兵的追悼会，当时，很多摄影者都站在高处，拍很多的花圈，长长的黑白条幅，认为场面越浩大，越能体现壮烈气氛。祁骥程却认为，画面构图越简单，反映的内涵越丰富深刻才是佳作。于是，他在被淹没的人群中捕捉到了这样的画面——压抑不住伤痛，眼泪止不住往下涌的战友。他立即趴到地上仰拍，他想拍出对消防战士的崇敬，他想拍出军人的伟岸高大。作品出来，果然撼人心魄。

同行的有摄影爱好者，他们相谈甚欢，我们一个个都听得入了迷。

说到拍飞禽，祁骥程讲到有四个层次，第一层，新闻报道式的，第二层，设置情境式的，第三层要有故事，第四层人鸟合一，要么把“鸟”当作“我”，要么把“我”当作鸟儿。当大家提到他猫头鹰的眼睛拍得传神时，他笑了，说“为这眼神我花了 900 块钱”。原来，为了拍猫头鹰正面扑过来的压迫感，必须要有活兔子做引，他就向当地人买兔子，300

块钱一只，一共买了三只才拍到了一幅比较满意的照片。当时是在零下二三十度的东北，冰天雪地里，手指都冻坏了，按快门都没数了。

是的，能够拍到这种成功的照片绝不是偶然的，有他滴水穿石的精神，有他理论观念的支撑，有他深厚的美学学养的奠基，还有肥沃土壤的滋养。

靖江，这是一个极富文化内涵的城市，这块土地是能够涵养出艺术大师的沃土。

靖江，一见倾心，再见钟情，三见倾城。

黔行散记

01

这个夏天，有的是时间，几个老姐们儿去看了家乡胜景“绿荷红菡萏，卷舒开合任天真”的平园池村的十里荷塘。回来的路上一拍即合——出去走走。

去哪里呢？当然不仅要景美人欢，还应该是避暑胜地。大草原？大海边？大山深处？最后一致表决同意——贵州双飞六日行。

订票，订鞋，订衣衣……任性的感觉真好，最后还任性地换了一个九人抱团行，价格陡涨了千余，心下有点割肉，但想想蠢蠢欲动的远方在招手，想想好山好水，一切又都似乎不算什么了。

02

出发。

出发出发。

出发出发出发。

03

飞机缓缓滑行的时刻，突然想到了一个词儿：上天入地。是哦，坐飞机，行至碧天之上。海底隧道，跑至大地之下。高科技，让一切都成了可能。

一飞冲天只是瞬间的事，刚才还摇摇晃晃，转瞬大地便在身下，房屋摇身变成模型，农田变成方格子，河流成了玉带……

坐飞机的经历并不多，但没有一次感觉是重样的，你以为的重复，只是以为而已。

飞机西行西行，目标贵阳。

第一次闭上眼睛，感受耳边纯粹的轰响，突然觉得灵魂抽离了肉身，除了靠在椅背和椅身的坚实感，其他的都仿若纸片，抽丝剥茧般遁至线条至无形，声音渐次邈远，终于连灵魂也开始逸散……

醒来的时候，恰是午饭时刻，蓝印花布的餐盒让迷糊的大脑瞬间澄明，带来一程小欢喜，里面的如皋春华萝卜干更是引发了一番小感慨，家乡的小特产，突然有点明白离乡之人的乡情乡愁了。

空姐柔嗲的声音耳语一般：贵阳，到了。

眼前的贵阳是在云朵的下方的，弯弯曲曲的山路在洇染的绿色里恰似根根银丝带，随意地抛掷着，在正午的阳光下反射着白光。云山不紧不慢地飘移着，突然漫漶了，铺天盖地，贵阳，会以怎样的面貌迎我？

04

下了飞机，阳光水亮亮的，不是想象中的四季如春，倒疑似进了火炉。接机的是个汉彝混血小姑娘，姓安，我更愿意叫她安安。

接下来的行程是 300 里开外的小县城郦波，车程约 3 个小时。

安安做了简单介绍，贵州在元宋时，仅指贵阳，明代后，疆域扩大，成为省份。郦波，约九成是少数民族，苗族、彝族、布依族、瑶族等。吊脚楼是一早就听说的，三层，因潮湿一楼不住人，三楼放农具。

安安建议大家眯会儿，一个个双目流转，充满期待，哪里有困意。

山连山，山叠山，山套山，兴奋的小心思是不会觉得倦怠的。较之苏中平原的翠绿，山上的绿植显得深沉厚重，就像黝黑的族人一般，基本看不出年龄。途中，忽见远山之中一抹红色，“龙里”二字昭然若揭，有泉水从金色龙头引出，对于每日在平地行走的我们而言，又是一程小欢喜。

“天无三日晴，地无三里平”，公路是盘旋的，前望时总觉有山堵着，近前时，又在前方，过山洞是惯常的，“眼前一亮”应该是用来形容出隧道的。

车在行驶途中，不会有太大的感触，只隔着山崖看对面的山道，才看出陡峭与惊险。

可能因了去夏的云南之行，少了几许惊叹，只路边偶尔开得红红火火的三角梅和夹竹桃，让行程多了几丝亮色，偶尔一现的清凌凌的水波宛如秀丽的小姑娘，便是轻轻一跳也是轻盈的，美丽的。

说说笑笑间，一阵噼里啪啦声骤响，竟是下雨了，车速陡然缓了下来，天也骤暗，极目处，山色空蒙；雨亦奇，不过片刻，又见蓝天白云，艳阳高照。须臾间，真正的两重天。

05

来前便问闲人：旅行是不是真正能长见识。闲人叮嘱：多写新感觉新感受，少写景。我知道有些人的文章看过一眼就能留有很深的印象，像闲人的；有些人的文字看了许多也不知所言所想，如我的。

我喜欢写景，但终究明白，出外游玩，写景着墨再多，也挖不出多少新词儿，倘若无有亲力亲为，描了半天，读者仍然不知所云。况且，我又能挖出多少美词妙句来呢?

虽是应了声。心下惶惶。

三个小时的飞机，三个小时的汽车，行程有些寡淡，一个个坐得不要不要的，只偶尔挂在山壁上的几个红字，或偶尔俏立的一座塔，甚至半山腰的几座墓碑，都会引得我们集体翘首，议论。

新鲜感过后，审美开始疲劳，虽是满目绿意盎然，终究是杂树荒山，行程之中甚至不曾看到一棵野果果，看着山洼间寥寥的几处薄田，突然体会到大山深处的孩童渴望走出大山的迫切愿望。那种“采菊东篱下，悠然见南山”的闲情逸致，在“种豆南山下，草盛豆苗稀”的现景下，是奢侈的。

06

以为行经“新”建的郦波“古”镇，抢着想拍张照时车已一晃过，不过一转的当儿，车竟缓停了下来，方始得知，这便是今晚我们下榻的地儿——鑫鸿客栈。

导游有些忐忑，招呼说住的地方可能不及江苏的条件。安顿下来的时候，没有想象中的差，倒给了我们大大的惊喜：飞檐翘角的三层独门小楼，不小的露天的庭院，里面种植着不少的花花草草，安放着竹椅竹桌，两侧还各有一个秋千架，雅致得很，开门便见古色古香的建筑和远处的大山，院外一片热闹，院内宁静幽深，分明两个世界。

三小时的飞机，三小时多的汽车，旅途的劳顿几乎在瞬间分崩离析，放下行囊，洗了把脸，一个个便兴冲冲地跟着导游去吃晚饭。

真心话，地接导游安安不很专业，当我们追问古镇建筑的着色有何意义时，她说不上来，告诉我们这古镇仅建五年，今年才竣工，倒是来巧了。追问各族情况的时候，讲了瑶族分白瑶和青瑶，区分就是服装的着色。

一路走走看看，全是新鲜劲儿，吸引我们拼命拍照的是几层小楼屋顶上开得正好的三角梅，那叫一个葳蕤，那叫一个红艳。街边一种行道树也引起了大家伙儿的好奇。大大的叶片可与法国梧桐一拼，更厚重紧实，叶子前端裂开，状似羊蹄，一查，果然，就叫羊蹄树。

晚饭还是很丰盛的，漳江的鲶鱼肥厚鲜美，夹得只剩下了鱼骨架，还有一种蕨菜，脆脆滑滑，直吃得盘子见底。倒是一种当地的特产——腌制的酸肉，吃不来。

吃饱喝足，自然得逛逛走走，一不小心走进了街头农贸小摊，想起闲人的叮嘱：不能瞎摸人家东西，不能讨价还价之后又不买人家东西。这个友情提醒唬得大家伙儿一愣一愣的：嗯，周作家这个提醒高！不知道闲人有没有打喷嚏。

除了看到几个着青衣的瑶族老人在卖黄瓜玉米提子啥的，其他人等包括菜蔬，基本和江苏的长相雷同，手痒痒想拍照，又怕犯了禁忌，只偷偷拍了两张青瑶老人卖菜的背影。

赶着暮色在古镇的街头东拍西拍，说是“古”镇，不过因为仿古的建筑，簇新得很。我嘴里夸着“不丑，好看的”，做了攻略的小何说：斥资40亿呢！大山深处的这样一座小镇，说它是为旅游服务，一点儿都不夸张。三步一店，五步一栈，充斥着浓郁的商业气息。

不知不觉就把街上的灯火全走亮了起来，灯火通明的夜晚，吃住游购的标识益发分明，不很热闹，倒也是一派繁华。尤其是街道两边一排溜的大同小异的古典建筑，在灯光的映射下，很是气派，户户门边庭院内置放的各种绿植，又平添了不少的生机和意趣。

07

说一夜无眠对小何而言不夸张，好在兴奋点极高，晨起时并不困难，我略好，左下巴上顶着荔波蚊的一个超级大力吻，吃过一碗好看亦好吃的米粉后，一行人兴致勃勃地出发，目的地：荔波小七孔。

车开出不远，叽叽呱呱中，不知谁惊叫一声：咋这么热？继而闻到异味，焦煳一般，难道车要爆炸？普吉岛的沉船阴影瞬间笼罩，全车的一个个全变了色儿地往下奔，并尽可能地远离。艳阳下的我们惊魂未定，司机轻描淡写告知：暖风机不明就里地开了，可能是不小心碰到的。虽说是虚惊一场，还是心有余悸。

导游安安的讲解打破了沉寂：

荔波小七孔位于黔东南，建于道光十五年（1836年），与广西交界，原本是国道边一座普道的小桥，因有7个孔而得名，后被圈进自然风景区中，就出了名了。

小丫头的语气不诱人，反而有那种吃饱了饭撑着没事干的一拨一拨人把一处乡下小景跑成名胜的不屑。事实也证明，丫头才工作半年，似乎不仅缺经验，还缺热爱。

下车之后兴冲冲地跟着安导转了一圈又一圈，她原本想着带我们走个捷径，从偏门过大七孔再游小七孔，哪曾想好事多磨，尽绕弯了，唉，一群美女一路蠢，好在错的地儿没有错的景，壮观的瑶乡大铜鼓和古老的瑶山瑶族乡人民政府大楼及两边的建筑前，留下了我们的倩影。

08

“这就是小七孔呀！”这样的语气，明显是带着失望的。好在有安导的事先铺垫，我倒不以为意，认真地数了一下，桥腹果真是七个弧形孔洞。

远处拍了几张照，我便雀跃地下到桥上，“桥上走一走，幸福到永久”，这样的桥，我当然是要走一走的。

这真不是一座起眼的桥，桥身很窄，还不及我们小时乡下的水泥桥宽，小得名副其实。没有栏杆，我努力想从桥面望向下方的小孔，徒劳。桥身侧长满绿茵茵的蕨类植物，静默地细数着经年，梳理着光阴。桥头一丛翠竹浑圆结实，吸引我轻抚上它的冰肌，留了影。

回望，小七孔不动声色慈爱地看着桥上熙来攘往的游客。

沿河廊栈道走走停停，两岸青山叠叠，绿树丛丛，河道内涵碧潭的水悠悠缓缓，有些清冷，让我情不自禁地觉得涵碧潭的“涵”应该是寒冷的“寒”。路边偶遇几个撑伞画画的女孩子，闪亮了我们的眼。

游客络绎前行，似乎都想着无限风光在前面。是这样子的呢，很快，我们就看到了一条飞瀑，配合着岩壁翘石，一路跳跃着，从右侧的山崖飞泻而下，刮起朗朗的风，溅起丝丝的雨花，如漂白空透的长发，如飞扬的裂帛。扑面而来的水气，让我感觉到一阵阵的惬意。我情不自禁地取下遮阳的绸缎，仰起头，置身于清新的气息中，飞旋，舞蹈，享受着大自然慈悯与宽厚的馈赠。一任清凉的水珠，涤荡着我骚动不安的心扉。

一支很好的序曲，是一场盛宴的前奏，似乎是突然间，68级跌水瀑布就活泼泼地开始翻滚，沸腾，哪里止68级呀，上上下下高高低低错落的河床，步步高攀；层层叠叠大大小小的瀑布，逶迤而下。潭瀑交错，或倾珠撒玉，或飞云堆雪；时而淙淙泠泠，时而哗然雷鸣。妙手天成，恢宏到极致，美到极致。溅起的水气，在阳光的照射下，映出了五彩的虹。你除了惊叹，还是惊叹，惊叹……随处可见石在水中，树生石上，虬根盘结，千疮百孔的奇景异观。水或穿石而过，或绕石迂行，柔软与坚实，壮阔与静美，就这样在你的面前摇曳生姿，逆行。

09

飞瀑，双龙瀑布，68级跌水瀑布，拉雅瀑布……狭长的幽谷中，或瀑，或石，或树，或水，玲珑娟秀，天然去雕琢，美到极致，美到让人惊叹不已。

徐步向前，下一个景点处，两个标注，几乎一致认为石上森林当然必须省略，水上森林当然必须造访，满怀憧憬，坐上景区车，进发。

“水在石中淌，树在石中长”的水上森林，在想象中，应该像亚马孙河一样古老而原始，事实上不是这个样子的，河道并不宽，流水的呼吸平静而舒缓，自在悠闲得紧，流过间或的小树或灰石，没精打采的，全然不顾你的期待或失望，不惊艳。逆着河流，走在河道边，清风如扇，在这炎炎夏日倒是分外舒爽，看家乡大雨漫过石阶时相差无几的景象，约莫里余。

终于走到水上森林的中段，泠泠淙淙的水流开始唱着欢快的歌谣，漫上了石阶，淹没了路面，溅起朵朵白色的水花。人们开始还小心翼翼，生怕不小心踩进水中。许是水的节奏越来越明快，越来越活泼，发出了邀请函，走进河道里面的人渐次多了起来。老人成了孩子，年轻人成了孩子，孩子天性昭然，你只看到大大小小的孩子在水中嬉戏，拍照，没有一个不童心爆棚。我也忍不住踏进水中，哇哦——冰冰爽，透心凉，我一个趔趄差点滑倒，看似平缓的水面暗流涌动，一点都不温柔，很有点想把你带走的强悍。

我这边刚稳住心神，突然发现一阵骚动，原来一位老翁的一只拖鞋被水冲走了，一波又一波的人想拦住那只拖鞋，可都手忙脚乱乱扑腾一番，然后眼睁睁地看着它在眼前一跃而过，起起伏伏间，直往下游冲去。

老人玩性不减，干脆把另外一只拖鞋脱了拎在手中，继续和老伴儿踩水闹水，脸上的根根皱纹舒展开来，在斑斑驳驳阳光的罅隙中，眉眼分外干净明媚。

更多的人加入到水道中，有不少原本穿着运动鞋的也都脱了扔在一边，连我们平时看起来文雅有加的士心和三少也不例外，两个人摆出各种造型，玩 High 了。我拽住裙摆，努力想往更深处走，摇摇晃晃中，胆战心惊，却有一种战战兢兢的小欢喜。我甚至拽住了水中石上的一根手指粗的藤蔓，在发现它非常牢靠之后，忍不住躺了上去，很有种森林仙子的快意。天人合一，物我两忘，我们都是大自然放逐的孩子。

有时很放任自己的这种恣肆和骄纵，把自己宠成一个孩子。在无数次山山水水、花草树石的走访中，渐渐拥有一种与年龄无关的单纯。

坚持在水中走完余程，内心安宁。

10

出了水上森林，似乎没走多远就看到几潭静水，随后在远处右侧高耸的群山密林中间，赫然现出一条白练，哦，No，数条，数条白练蜿蜒在丛林中，挂在半山腰，白亮亮的，顺着山势一条条地迂回而下，越往下分支越多，呈上小下大的态势，在绿树丛中交叉穿插，绿的更绿，白的更白，没有一泻千里的气势，却分外秀气雅致，赏心悦目。据说这是小七孔景区落差最大的瀑布，瀑高60多米，这里群峦叠嶂，到处被绿树覆盖，苍翠欲滴，是名翠谷瀑布。

地上积水成潭，一片一片的，我兴奋得就要往前冲，想去近距离亲昵，却被她们拦住了：回头黄果树瀑布有的你看，要赶时间呢！好吧好吧！赶紧取景拍照，以示来过。

别了翠谷瀑布，又乘了一段景区车，来到了鸳鸯湖。

倘若不是导游说鸳鸯湖是一定要划船进去看看的，站在岸边，就以为这是一条普通的湖，实际上景致全在湖里。

有了两种声音，一种认为自己划才有意思，可以玩一个小时。一种倾向于让一个艄公带着划，半个小时也够了，出点钱也愿意。真心话，我是倾向于后者的，一来我不觉得自己很会划船，最主要的是我小时候被水淹过，听说这个湖很深。

最终少数服从多数，穿上救生衣，认认真真地把所有的带子都扣紧了，颤颤巍巍上了船。

一开始手忙脚乱，船根本就不受控制，一直在不远处打圈儿，眼见得另外一条船嗖嗖几下就不见了。我们还没掌握要领。

让人崩溃的是前面母女俩，纯粹旱鸭子，比我还怕水，船桨像在给水挠痒痒，嘴里还一直嘀咕着："晒死人了，上岸上不去，跳湖没勇气。"唉，惨不忍睹。

本来在船尾优哉游哉的豆子，不得已左边划划，右边划划，到底是力气大的小伙子，和可人一起终于奋力帮我们脱离苦海，船开始缓速前行。在我刚刚弄懂如何让船转弯，如何让船前进时，豆子竟然嫌弃于我，让我坐到船后。我乐得放下船桨，开始边赏景边拍照。

鸳鸯湖里面是没有鸳鸯的，倒有一对鸳鸯树，这两棵巨树根植于水中，幽不见底。两棵树枝叶婆娑，高大葳蕤，相依相傍，宛如一对情侣，又像一扇通往神秘地带的门。

过了近前的一片开阔水域，船就划到了鸳鸯树旁，只见一条幽深的水道向纵深处延展，两旁树影婆娑，有船从里面划出来，有船想进去，不可避免地碰了几次船，有惊无险。很快出了重围，我们继续行进。

眼前的鸳鸯湖让我想到了原始丛林，也让我想到了亚马孙河。树是真正地长在水里的，是那种古木参天的树，虬枝盘结，藤蔓覆盖，在湖中肆意生长，是真正的水上森林。四周极静，只剩下船桨的拨水声，似乎还没响透就被湖水吞进去了，原本火辣辣水亮亮的太阳，在船一个转弯后，几乎销声匿迹。

在鸳鸯湖里划船，水面时宽时窄，光线忽明忽暗，时有道路被封，说它是水上迷宫一点都不过分。幽绝的湖光水色美得让人沉醉，让我们惊叹连连，揽风月山水入怀就是这样的吧。

才上得岸来，导游电话也到了，让赶紧到停车场集中。大家伙儿并不乐意，最后的一站卧龙潭是必须去一下的。

匆匆的一瞥也足以让大家伙儿惊艳，据导游讲，卧龙潭是一条人工筑坝，截断峡谷里的河流而成，形成的小型水库发电后流向响水河。水坝呈弧形，像一道弯月，横亘在峡谷中间。碧水如一道阔大的水帘，从十几米高的坝顶上一泻到底，撞击着下方的岩石，飞花溅玉，气势磅礴，宛若梭机上洁白的锦，直直地垂挂着，细密，紧致。坝下水气蒸腾，银瓶乍破，铁骑纷沓，活脱脱一个造型独特的环形瀑布，令人叫绝。

令人叫绝的还有落到塘底的水，绿得不成样子，凝成一块温碧的玉，让你的目光再也不舍得移开。

11

车子又开始在路上风驰电掣，导游示意大家伙儿路上睡一觉，可能因为太兴奋，竟然睡不着。

双胞胎姐妹一样的娘儿俩在讨论隧道的名字，因为山多，所以一路上隧道一个接一个，名字也是让人哭笑不得，猫冲、干豆、拉岜、拉耐……导游说，这是根据发音写的汉字，有的根本没有任何意思，各种稀奇古怪的名字，不认识的字读一半，总能引起我们的一通哄笑，有时还得百度一下，认识了几个没见过的字。

我们的目的地是西江千户苗寨。

虽说导游不是很专业，我还是忍不住缠着她讲点关于西江苗寨的故事，且听得津津有味。我不会做攻略，我喜欢新鲜感，当然，我也喜欢“道听途说”，最好是书本上都没有的内容。不知道从什么时候开始，发现自己的求知欲望越来越强了，哈哈。

迁徙和信仰有关，苗族村民自古崇拜树木，山上的树木是不能乱砍滥伐的，尤其对枫树、香樟树崇拜有加，枫树成片成林，是苗寨吊脚楼的原材料，家家屋后有香樟。

苗族服饰绚丽多姿，节日异彩纷呈，被人们称为苗族历史文化的“活化石”。

12

到得西江千户苗寨大门的时候，已是下午六点钟光景，半山腰鳞次栉比的吊脚楼甚是壮观。到处彰显出特有的苗寨风情——墙上壁上所有醒目的地方都用银饰做装饰。乘着景区客车十多分钟又下行了一段路，终于找到我们投宿的地方，当地的一户人家。

有着很文艺的名字——“时光里”，一看就让人心生浪漫与憧憬。一群女人提着箱子巴巴地跟着导游，九转十八弯，蜿蜒盘旋的路道狭窄异常，极不好走，一个个气喘吁吁，汗流浃背中见识了苗寨的“一零几”“二零几”，实在觉得应该改成我们苏中平原的十几二十几，虽说不至于手不担担，但这样实实在在地提着重箱子一级一级台阶地往上爬，怕也都是大姑娘上轿——头一回。这段路途，把一群飘飘出尘的女神全变成了女汉子——除了俺，豆子看我不堪重荷的样子，两段石阶拐过后，拿了我的箱子，一只手拎着一只旅行箱顺阶爬的矫健身姿，让其他女神充满艳羡和嫉妒，让我颇有成就感。

大家心心念念建在半山腰的吊脚楼，台阶中间不时有大树耸立，看来砍伐不仅是不随便，就算不便也不轻易砍哦。“浪漫的”时光里不过是荒山顶的鸽子窝，木制的小窝每踩一步都要小心翼翼，楼上说话的声音楼下都听得清清楚楚，更不用说脚踩在楼板上给楼下带来的震动了。我们进了小窝就赶紧开了空调躺到床上，平复刚才怦怦的心跳。旅行，有时候也是拿钱买罪受哦。

想着要去吃苗寨特有的长桌饭，大家伙儿不过休息了十分钟就往下跑，一边转弯拐角，一边戏谑“一零几”“二零几”。看到了几棵高耸壮实的香樟树，长在陡峭的屋后崖边，叶子有我们家乡的双倍大，上面标注着“古树，受保护”的字样。

下得山来就步入了一号风雨桥，后来还见到了七号风雨桥，四号风雨桥……很特别的建筑，就像一座座木制的长亭，以榫衔接，斜穿直套，纵横交错，极为精密大气，两旁设置护栏、长凳（后来了解到这二者合体叫美人靠），形成长廊式走道。看到名字一个个全都傻眼了，“嘚嗡僦”“僦哟妃”“僦宋茔”，都是啥跟啥呀！安导说字读半边就行了，因为这些桥名，是根据苗语发音命名的，没有实在的意义（后来了解到每一座桥都有自己实在的意义，“僦哟妃”就是苗家青年男女用情歌互诉爱慕之意、约会的“情人桥”)。好的吧，“艺”怕有两个读音了。

走不多远，便有好听的芦笙相迎，苗家大叔接客呢！一群苗家少女身着苗装，环佩丁当，手中端着酒碗站在门边候客，我们按照导游事先吩咐的，伸出脖子喝一口酒，以示感谢。导游说倘若你接过碗就表明你会喝酒，她们就会让你喝下一整碗。

进了门就看到一排排长条桌，菜肴已经放好，火锅冒着热气。真心话，菜肴实在不咋的，倒是红蛋蛋和苗家姑娘热情的高山流水，让我们长了见识。

当我们大眼瞪小眼地看着面前倒扣的碗底上染成红色的鸡蛋发愣时，一苗族小伙子跑过来指导：这红蛋蛋在额上绕圈滚三下，击额敲碎，表示去掉霉运，鸿运当头。这兆头好的，大家正兴致勃勃地互相击打喊痛时，突然芦笙又起，刚才迎客的几个苗家姑娘伴着欢快的音乐飘然而至。她们手捧米酒，边走边唱，歌声清越，银饰闪亮，递上的苗家米酒很是香甜。我们象征性地每人喝了一口，姑娘们却盯上了豆子，年轻的小伙子没有好意思拒绝，对着第一个姑娘递过的米酒张口便喝，旋即，五六个酒碗及酒壶一个高过一个依次斜向后方，倒出的美酒小溪流般涓涓淌进豆子碗中、口中。这种敬酒方式，当地人称为“高山流水”，意为情深意长。

室内的小伙伴全被惊呆了，纷纷离席，围拢过来，拿出手机、相机，叫好声一浪高过一浪，全然忘了同伴能不能喝。

这种敬酒方式让豆子喝得眼睛都红了，看夜景时几乎是趴在我的肩上的，我一个转身的当口，他竟然趴在了另外一个妈妈的身上，以为是自己的妈妈，引得众人大笑。